김열규의 휴먼 드라마

푸른 삶 맑은 글

이 도서의 국립중앙도서관 출판시도서목록(CIP)은 e-CIP홈페이지(http://www.nl.go.kr/ecip)에서 이용하실 수 있습니다. (CIP제어번호 : CIP2011001904)

김열규의 휴먼 드라마

푸른 삶 맑은 글

더러 역사와 얽힌,
내 삶의 실마리를 풀면서

산다는 것, 그게 뭘까? 뻔히 살아왔는데
도, 멀쩡히 살아 있는데도, 산다는 것 그게 뭐냐고 묻게 된다. 바
람 쐬면서 바람이 뭐냐고 묻고, 물에 몸 담그고는 물이 뭐냐고 묻
는 꼴이다. 새삼 쑥스럽다.

산다는 것, 그건 어떻게 하는 걸까? 무얼 어떻게 하는 걸까? 무
엇을 어떻게 하자는 걸까? 물음이 꼬리에 꼬리를 물어도 답은 쉽
게 나오지 않는다. 한두 가지 답으로는 마무리될 것 같지 않다.
전체로는 답이 없을 물음, 그게 인생이란 걸까 싶기도 하다.

그래서 더욱 살아온 자취를 되돌아보게 된다. 그 궤적을 꼼꼼히 되짚어보게 된다. 기억을 더듬고 추억을 간추리게 된다. 그렇게 해서 집히는 토막들, 되새겨지는 대목들이 있다. 감추어둔 것 찾아내듯이, 숨겨진 것 들추어내듯이 문득문득 떠오르는 것이 있다. 아주 어릴 적, 길 가다가 어쩌다 주운 동전마냥 생각에 잡히는 것이 있다. 줄지어서 나타나는 것도 아니다. 인과관계로 맺어져서 드러나는 것도 아니다. 다만 띄엄띄엄 기억에 떠오를 뿐이다.

그것들은 여기저기 흩어져서 내 기억의 둥지 속에 웅크리고 있기도 한다. 20세기 중후반기에 한국이 겪은 역사, 일제 강점기와 광복, 남북(좌우)의 갈등, 6·25 전쟁과 그 종전을 거치는 동안의 토막들도 함께 아로새겨져 있다.

그 사이의 기억들은 더러 내 인생의 재미이기도 했다. 또한 내 삶의 보람이기도 했다. 곱게 간직해두어야 할 구슬 같은 게 아주 없는 것은 아니다. 그래서 혼자 빙긋 웃기도 하고 슬그머니 가슴이 아려지기도 한다. 되새기다 말고 고개를 앞뒤로 주억거리기도 한다. 끝내 모른 척할 수 없는 게 있다. 상처도 얽혀 있기 때문이다.

그런 것들을 여기 거두어보았다. 코흘리개 여섯 살짜리 유치원 시절서부터 시작했다. 초등학교 시절도 나 몰라라 할 수는 없었다. 자그마한 기념비처럼 아끼고 싶은 것이 아주 없지는 않다. 적어도 대학 시절까지의 내게는.

하지만 직업을 가지고 사회인이 된 이후로는 이야깃거리가 적다. 철이 든 탓인지, 삶이 그저 그렇고 그랬던 탓인지는 잘 모르겠다.

그러고 보니 '휴먼 드라마'라는 제목이 뭔가 좀 지나친 것 같다. 어차피 나도 사람이니까 '휴먼'은 몰라도 '드라마'라니? 그게 웬 영문이냐고 스스로 아니 물을 수가 없다. 드라마는 누구나 알다시피 문자 그대로 '극적'이다. 변화가 제법이고 기복이 커야 한다. 남의 눈에 잘 띄고 그들의 관심을 끌 수 있어야 할 것이다.

나의 그저 그렇고 그런 심심한 인생살이 중에서 그나마 조금은 별다른 경험을 모았다고 자부하고서는 감히 여기에 '드라마'란 말을 붙였다. 그게 이 책을 대하는 귀하신 분들께도 조금은 공감되기를 바라고 있다.

여기 실린 대부분의 글은 "김열규의 휴먼 드라마"라는 제목으로 ≪한국일보≫에 연재된 것들이다. 고맙기 이를 데 없다. 아울러 못난 글을 한 권의 책으로 꾸려주신 도서출판 한울에도 깊이 고개 숙이는 것으로 머리말을 맺고 싶다.

2011년 이른 봄,

경남 고성 땅의 자란만, 그 자줏빛 물가에서

지은이 삼가

차례

머리말   더러 역사와 얽힌, 내 삶의 실마리를 풀면서 • 4

1부   자라나기의 이 물살 저 바람결

천국에서 쫓겨나다 • 12

고추를 흔들어댄 그 녀석 • 19

최초의 항일 레지스탕스 운동 • 25

또 다른 항일 레지스탕스 • 30

너 차라리 죽어! • 35

나의 한일 관계(1): 그날을 돌이켜보며 • 40

나의 한일 관계(2): 일본인 군사 교관 엿 먹이기 • 46

조선말 쓴 학생 손들어! • 52

외할머니의 달걀밥 • 58

외할아버지의 글 읽기 • 64

호랑이와 우리 할머니 • 69

샛별 빛나듯이 우리 할머니도 • 74

다시 할머니 모시고 • 79

산사(山寺)에서 보낸 푸른 세월 • 84

어느 노장 스님의 가르침: 한 줄기 연기와 한 줌의 재 • 89

나의 광복: 귀환 동포 마중 • 94

또 다른 나의 광복 • 100

2부 시대의 고비, 역사의 비탈에서

추잉검과 한미 친선 • 108

장기판 뒤집어엎기 • 114

태평스러운 나의 6·25 • 120

내 생애 최초의 공연 • 126

그래 내 스커트 벗어서 보여주마 • 131

바다에서(1): 첫 다이빙 • 137

바다에서(2): 친구를 살려내고 • 143

바다에서(3): 남의 씨종자 말려놓고는 • 149

책벌레의 줄기찬 역사 • 155

화장실 바닥을 핥으라고! • 160

그 몸서리나는 좌우익의 갈등 • 166

엉터리 통역사의 전과(戰果) • 172

전시 연합대학에서 • 178

대학 강의라는 것? • 184

수복(收復)과 복학(復學) • 189

난생처음 탄 월급 • 194

3부 목숨의 갈무리, 삶의 마무리

교사로 부임한 그 첫날 • 202

연좌제의 사슬에 묶여서(1) • 208

연좌제의 사슬에 묶여서(2) • 214

김일성대학 교수를 만나다 • 221

보스턴 심포니홀에서 • 227

미국에서 겪은 하고많은 문화적 충격 • 233

아리랑, 교포들의 비극의 행적 • 240

아리랑의 애달픈 두 사연 • 246

차 마시기의 녹수청산 • 253

생찻잎 뜯어 마시고는 • 257

바다 바라보며 시 읊으면 • 262

농산물에 의지한 푸른 삶, 푸른 목숨 • 268

한여름 장미에 부쳐서 • 272

열린 집에서 • 277

드디어 고향으로 • 285

맺는말　종장에 부쳐서 • 290

1부

자 라 나 기 의
이 물 살 저 바 람 결

내 삶은 엎치락뒤치락

내 삶의 길은
꺾어지고 휘어진 것

고개 오르고
비탈 내려가며
숨이 가팠다

그 오래고 먼 길에서
자국 더듬고
흔적 다독이고는
여기 모았다

그 생활의 궤적이
이 대목 저 대목이
어스레하다

천국에서 쫓겨나다

나는 여섯 살에 유치원을 다녔
다. 또래의 아이들보다는 한두 살 어렸다. 1937년 당시 초등학교
신입생은 여덟 살이 보통이었고 아홉 살짜리도 있었다. 그러니
까 유치원생은 대개 일곱 아니면 여덟 살이었다. 나는 유치원에
서 가장 어린 꼬맹이였던 셈이다.

지금과 달리 그 당시는 유치원 교육이 보편화되어 있지 않았
다. 비교적 잘사는 우리 동네에도 유치원생은 흔하지 않았다. 보
기에 따라서는 일종의 선택 받은, 선민이었던 셈이다. 그게 의식
될 적마다 나는 공연히 우쭐대기도 했다. 그래서 어깨에 메고 있

던 작은 유치원 가방을 보란 듯이 일부러 흔들어대기도 했다. 안에 담긴 알맹이라야 매일 출석을 챙기는 작은 수첩 하나가 전부였지만, 그게 가방 안에서 찰싹대는 소리가 귀를 간지럽게 하곤 했다.

유치원은 부산 부민동에 자리 잡은 '영락교회'의 부속유치원이었다. 그 당시 부산의 번화가였던 부평동 우리 집에서 얼추 반 마장, 그러니까 왕복으로 십 리는 족히 될 만큼 떨어져 있었다. 겨우 여섯 살짜리 어린것이 다니기에는 대단히 먼 거리였다. 우리 집 가게의 종업원이 더러 자전거에 태워서 오가기도 했지만, 그것은 이따금 있는 일이었고 대부분은 걸어 다녔다. 참 힘겨웠다.

그래도 즐거웠다. 지겹도록 먼 거리가 주는 고통을 보상하고도 남을 재미를 유치원은 베풀어주었기 때문이다. 노래 부르기, 손잡고 둥글게 원을 그리며 춤추기, 소꿉장난 등은 퍽이나 흥겨웠다. 그런가 하면 선생님이 들려주는 동화나 옛날이야기도 여간 재미난 게 아니었다. 원생이라야 겨우 스무 명 정도였지만 잘도 어울려 놀고, 떠들고, 또 배우고 했다. 특히 몇 안 되는 여학생들과 어울리는 것이 그렇게 신이 날 수가 없었다.

'영락'이란 이름이 일러주듯 내가 다니던 유치원은 개신교 교회에 딸려 있었다. 지붕의 첨탑이 하늘로 우뚝 치솟은 커다란 교회 건물 뒤편에 제법 넓은 운동장이 있었는데, 거기 있던 단층짜리 작은 건물이 바로 영락유치원이었다. 일요일이 되면 그 교회의 유치원생 전원이 주일 예배에 참석했다.

그 당시 우리 집의 신앙으로는 불교가 큰 몫을 차지하고 있었다. 할머니께서 독실한 불교 신도이셨던 게 나머지 가족에게도 영향을 미치고 있었다. 할머니께서 입버릇으로 외곤 하시던 "나무 관세음보살"은 나도 무심코 따라 하곤 했을 정도다.

한데도 나는 일요일마다 '영락교회'의 예배에 참석했다. 그러고는 목사님을 따라서 열심히 기도하고 기도문을 외우고 찬송가를 부르곤 했다.

그 어린 주 예수 누울 자리 없어
그 귀하신 몸이 구유에 있네

이 찬송가 구절은 70여 년이 넘은 지금까지도 내 머릿속에서 메아리치고 있다. 그뿐만 아니다.

우리들은 약하나

예수 권세 많도다

날 사랑하심

날 사랑하심

이 노랫말도 아직 기억에 남아 있다. 요즘도 더러 무심코 콧노래가 되어서 소리 내곤 할 정도다.

주일 예배 때는 평소와 달리 출석부를 가방에 챙겨 넣어 다닐 필요가 없었다. 교회 측에서 학생들의 출석을 따지지 않았던 것이다. 한데도 나는 주일마다 꼬박꼬박 예배에 참석했다. 왕복으로 십 리도 더 될 그 길을, 멀다는 말 한마디 없이 구태여 다녔다. 어쩌면 유치원 다니기보다 더 열심이었던 것 같다.

왜냐하면 그 고생을 다독거려 줄 크나큰 매력이 있었기 때문이다. 그것은 예배 후 누리는 또 다른 재미였다. 그게 도대체 무엇이었을까?

그것은 '가미시바이(かみしばい)'였다. 가미시바이는 물론 일본말이다. '가미'는 '종이'고 '시바이'는 '연극'이란 뜻이다. 우리말로 곧이곧대로 번역하면, '종이 연극'이 곧 가미시바이다.

커다란 종이에 만화 같은 그림이 그려져 있었다. 그걸 여러 장, 그러니까 한 편의 이야기를 설명할 수 있을 만큼 줄거리순으로 여러 장 겹쳐놓았다. 그리고 받침이 있는 높다란 서가(書架)같이 생긴 것 위에다 세워놓고는 한 장씩 따로따로 펼쳐 보였다. 그러면 연사라고 해도 좋고 변사(辯士)라고 해도 좋을 이야기꾼(대개는 목사였지만)이 줄거리가 통하게 이야기를 줄줄이 풀어나갔다.

그러니까 비교적 줄거리가 긴, 한 편의 이야기를 그림으로 보여준 셈이다. 그게 여간 재미난 게 아니었다. 다들 넋을 잃고는 이야기에 홀렸다. 나는 다른 아이들보다 한층 더 많이 홀렸던 것 같다. 그게 나를 주일 예배에 빠질 수 없게 했다. 열심히 다녔다.

그 가미시바이의 이야기 줄거리는 대부분 성경에서 따온 것이었다. 따라서 가미시바이에 열중했던 것은 기독교를 향한 신앙심 또한 깊어지고 있었다는 것을 의미할 것이다. 그래서 교회는 어린 나의 천국이 되기도 했다. 그것도 매우 신나고 재미난 천국이었다.

그러던 중 어느 주일날이었다. 자리에 모여 앉은 우리 꼬마들은 예배가 시작되기를 기다리고 있었다. 그것은 우리들만을 위한 예배였기에 다른 신도들은 없었다. 그러니 다들 장난에 이야기에 떠들썩했다. 그날따라 목사는 예정 시간을 훨씬 넘기고도 나타나지 않았다. 우리들의 소란은 점점 커져 갔다. 늦게야 목사가 나타났지만 우리들은 아랑곳하지 않았다. 그가 탁자를 몇 차례 손으로 치면서 "조용히!"라고 소리치고 나서야 겨우 소란이 가라앉았다. 화가 오를 대로 오른 그는 우리들을 호되게 꾸짖으며 말했다.

"여기 내 앞에 탁자가 있지. 이 아래로는 커다란 구멍이 뚫려 있고 그 구멍은 바로 지옥으로 통해 있어. 지금은 뚜껑을 닫아두 었지만, 네 녀석들이 계속 떠들면 뚜껑을 열고는 누구든 던져 넣 어버릴 거야. 그럼 바로 지옥으로 떨어지게 돼!"

목사는 그 지옥의 문을 덮고 있을 탁자를 흔들었다. 금방이라도 지옥이 보일 것 같았다. 우리들은 다들 소리를 죽였다. 겁이 나서 제대로 숨도 쉬질 못했다. 방 안은 죽은 듯이 고요해졌다. 나는 덜덜 떨었다.

그 뒤로 나는 다시는 교회에 가지 않았다. 아니 가지를 못했다. 갈 수가 없었다. 지옥과 맞뚫린 교회 안으로 들어서기가 겁이

났다.

그런 일이 없었더라면 나는 세례를 받았을지도 모른다. 본격적으로 교인이 되었을지도 모른다. 그런데도 모든 걸 포기했다. 나는 주일의 천국에서 영영 추방된 것이다.

고추를 흔들어댄 그 녀석

그때 우리들은 모두 꼬맹이였다. 초등학교 1학년 아니면 2학년이었다. 네댓 명이 늘 어울려 놀았다. 마을 안에 또래라고는 그게 고작이었다. 놀이는 그저 그렇고 그런 것뿐이었다. 딱지치기, 구슬치기, 술래잡기를 하곤 했다. 그렇게 패거리는 학교를 마치고 와서는 잘도 놀아댔다.

어느 날 우리는 다른 놀이를 하다 말고 말타기를 하기로 했다. 가위바위보를 해서 누구는 마부가 되고, 누구는 말이 되고, 또 누구는 말을 타는 기수가 되는 것이다.

마부가 두 다리를 벌리고 벽이나 담에 기대어 선다. 그러면 말이 허리를 굽힌 자세로 마부의 허리에 팔을 감고 그의 벌려진 두 다리 사이에 머리를 박는다. 펄쩍 뛰어 말의 등에 올라탄 기수는 "이랴 이랴!" 말의 머리를 두들기면서 우쭐댄다. 엉덩이를 까불대고 허리를 앞뒤로 흔들면서 말달리는 시늉을 짓는다.

  "히히힝!"

 말은 괴로운 듯이 비명을 지른다. 말타기에서는 기수가 한 사람일 때도 있고 두 사람일 때도 있다. 말 등에 올라탄 기수는 한참을 말을 타고 내달리는 시늉을 하다가 마부와 가위바위보를 한다. 기수가 이기면 마부와 말은 제 구실을 그대로 지킨다.

 말에서 내린 기수는 뒤로 물러섰다가 달려와 다시 또 털컥 말에 올라탄다. 의기양양한 기수는 재차 말 타고 달리기를 즐긴다. 유럽의 중세 기사들은 저리 가라는 투로 우쭐댄다.

 그쯤 되면 지친 말은 허리가 휘어지고 엉덩이가 내려앉으면서, 금방이라도 죽을 것 같은 꼴이 된다. 말은 이를 악문다. 기수는 그러든 말든 아랑곳하지 않는다. 마부와 또다시 가위바위보를 한다.

이 다급한 결투에서 이번엔 용케 마부가 이긴다. 마부는 의젓한 기수로 바뀌고 말은 마부로 승격한다. 조금 전까지만 해도 기수 노릇을 하던 녀석이 이번에는 말로 그 신세가 곤두박이고 만다. 세 꼬맹이 사이에서 신분이며 처지며 구실에 크나큰 변화가 일어나는 것이다.

아까까지 마부로 시달리던 녀석이 이제 새로운 기수로 말에 올라탈 차례다. 뒤로 한참 물러선 그는 하늘에라도 오를 듯한 기세로 앞을 향해 내달린다. 후딱! 몸을 가볍게 날려서 말에 올라탄다. 앞의 기수보다 한결 더 격하게 말의 등을 짓누르듯 하면서 계속 엉덩이를 들먹인다. 신바람 나게 기세를 떨친다. 말의 등에서 등뼈 부러지는 듯한 소리가 난다. 말이 비명을 토한다.

우쭐대던 기수와 괴롭힘 당하던 마부가 이제 가위바위보를 한다. 요행으로 단번에 마부가 이긴다. 순식간에 신분이 바뀐다. 좀 전까지 말이던 녀석이 기수가 될 차례다.

이렇듯이 기수와 말과 마부의 역할이 세 꼬마 사이에서 돌고 돈다. 애들 놀이치곤 제법 공평하다. 물론 그 옛날 한 마을 안의 다른 꼬마 친구들과의 말놀이도 그랬었다.

늘 그렇기는 했지만 그날은 유별나게 즐겁고 재미있게 놀아댔다. 그런 중에 '도치'라는 묘한 이름의 친구가 말이 되고 지금은 이름을 잊어먹은 아이가 마부가 되었다. 여자아이가 기수가 되었다. 얼굴이 예쁜 데다 성격이 활달한 아이였다. 같은 마을 안에 다른 여자아이가 없던 탓에 그녀는 곧잘 우리 사내애들과 어울려 놀곤 했다. 워낙 어릴 적이라 남녀의 구별을 별로 의식하지 않았던 것 같다.

여기수 한 분이 내달려 왔다. 털썩! 활기 넘치게 말에 뛰어올랐다. 그녀의 말 탄 시늉은 과연 여기수답고도 남았다. 공교롭게도 그 놀이에 끼지 못하고 옆에서 구경만 하고 있던 '재수 없는' 내 눈에는 그렇게 보였다.

여기수는 말의 등을 짓누르듯 하면서 엉덩이를 들먹거렸다.

"이랴, 저랴!"

소리치면서 팔을 내저었다. 말을 채찍질해댔다. 그렇게 기세를 돋우다가 드디어 가위바위보!

여기수가 졌다. 마부가 말에서 손을 떼고는 옆으로 비켜났다. 말이 몸을 일으켰다. 바로 그 순간이었다. 말 노릇을 하던 녀석이 마부 자리에 서더니, 아니 이게 뭐람? 천만뜻밖의 짓을 하는 게 아닌가!

녀석은 말처럼 펄쩍 뛰더니 돌연 바지춤을 내렸다. 사타구니가 드러나고 팬티마저 내려갔다. 아랫도리가 홀라당 드러났다. 그러곤 녀석이 고추를 잡고는 흔들어댔다. 여봐란 듯이 흔들어댔다. 다들 얼떨떨해서 뒤로 물러섰다. 한데 녀석은 한술 더 떴다. 그런 꼴을 하고는 하필 여기수 앞으로 다가갔다. 그녀 앞에서 다시 또 맨고추가 드러난 엉덩이를 흔들어댔다. 이것 보란 듯이 흔들어댔다.

여기수는 기수의 처지도 잊고 고개를 숙인 채 주저앉고 말았다. 와락 울음을 터뜨렸다. 나머지 우리들, 구경꾼이던 나까지 포함해 우리 셋은 고개를 돌렸다. 한참 반나체로 까불대던 녀석이 바지를 올렸다. 그러곤 씩 웃었다. 꼴사납게 성희롱을 하고도 부끄러운 기색은 전혀 없었던 것 같다.

그게 뭐였을까? 남들이 좀체 믿어줄 것 같지 않은, 그 황당한 짓거리는 도대체 뭐였을까? 영어로 엑시비셔니즘(exhibitionism)이라고 하는, 노출증 또는 노출광증이라고 말하면 그만일까? 성기를 남들 앞에 드러내곤 하는 일종의 정신이상으로 보면 그만일까? 그것도 제 잘난 멋까지 부려대는 이변으로 치면 그만일까?

알 수가 없다. 다만 어릴 적, 난생처음으로 당한 '성적인 충격'으로 지금껏 기억되고 있을 뿐이다.

최초의 항일 레지스탕스 운동

나는 어릴 적에 부산의 번화가에서 자랐다. 지금의 국제시장과 마찬가지로 부평동에 속한 구역이라서 여간 번성한 곳이 아니었다. 부산 서부의 열 개 정도의 동네를 통틀어 가장 흥청댄 그 시가지에서, 초등학교 5학년 때까지 살았다.

번화가인 까닭에 부평동은 1가부터 4가까지 네 블록 거의 전부, 일본인들이 차지하고 있는 일본 거리였다. 상가가 그랬고 주택가도 그랬다. 주택가는 그 당시로서는 돈 많고 권세 있는 사람들이 모여 사는 부촌(富村)의 분위기를 진하게 풍기고 있었다. 그 무렵의 부산으로서는 도시 계획이 아주 잘된 지역이었다. 부평동 안의 거리는 모두 넓고 반듯반듯했다. 네거리들로 구역이 나누어져 있었다. 그야말로 바둑판같았다. 일본인이 도시 계획을 해서 만든 거라 그랬던 것 같다.

우리 집은 그 일본인 상가(商街)의 한복판에 자리하고 있었다. 1930년대 중반기였던 그 무렵 부평동 3가에는 우리 집까지 해서 달랑 네 집만이 조선 사람의 집이었다. 그 당시 고층 건물 축에 들던 2층짜리 가게에서 아버지는 주류 도매상을 경영하고 있었다. 나는 갈데없는 장사꾼 아들이었다.

일본 동네 한가운데 살다 보니 일본인들의 습관이며, 풍속이며 하는 것에는 웬만큼 익어 있었다. 초등학교에 들어가기 전인 어릴 적부터 일본말도 곧잘 했다. 만화를 보면서 일본어를 익힌 데다 동네 안의 일본인 소년들과도 사귀고 있던 터라 나도 모르는 사이에 그렇게 '친일파'가 되어 있었다.

하지만 집안의 분위기는 아무래도 조선 사람의 것이었다. 거기다 가족이나 조선인 친구들과는 조선말을 쓰다 보니, 때때로 일본인 동네 한가운데 살고 있다는 느낌에 묘한 소외감 같은 것도 갖지 않을 수 없었다. '난 조선인이야' 하는 생각이 가슴에 사무치기도 했다.

그런 소외감이 때로는 일본인에 대한 반감이 되어서 꿈틀대기도 했던 것 같다. 그것은 우리 조선인에게는 없는 일본인들의 차림새나 습관이며 풍습을 대할 적마다 짙어져 갔던 것 같다. 이질감이 반감이 되기도 했던 셈이다. 그 이질감에 섞인 반감이, 혹은 반감에 저린 이질감이 나도 모르게 문득문득 발동하곤 했다. 어린 꼬마로서는 느닷없는 발작과도 같은 것이었다고 하는 게 옳을 것 같다.

이미 말했다시피 우리 집의 이웃은 전부 일본인이었다. 근린의 거리는 일본인 주택으로 차 있었다. 학교를 가건 놀러 다니건 일본인 동네를 거치지 않을 수 없었다. 사방이 모두 일본인 가게고 주택이고 했으니 그럴 수밖에 없었다. 그러니까 자기 마을의 자기 집에 살면서도 이방인으로서의 자신을 자각하곤 했던 것 같다. 그게 이따금씩 말썽을 부려댔다.

일본인들은 양력설이 되면 집 둘레를 깨끗하게 청소했다. 그러곤 집집마다 현관이나 대문을 치장했다. 대문이나 현관 기둥에 솔가지를 기대어 세웠다. 그걸 일본인들은 '가도마쓰(かどまつ)'라고 했다. 한자로는 '門松'이라고 쓰는데, 문에 세운 소나무

란 뜻이다. 일본인들은 그걸로 액이며 부정을 물리치고 새해의 축복을 받는다고들 믿고 있었다.

또 집집마다 현관 앞에 '시메나와(しめなわ)'라고 하는 새끼줄을, 말하자면 금줄을 높이 매달고는 그 가운데에 노란 귤을 세 개씩 매달았다. 보기가 여간 예쁜 게 아니었다. 그런 것으로 일본인들은 그들의 신년을 기리고 반기고 한 것이다.

그건 우리에겐 없는 풍속이었다. 하지만 색다르고도 아름다워 보였다. 그게 바로 우리들 조선 아이의 질투심 또는 시기심을 자극한 것일까? 나는 '호준'이란 이름의 이웃집 형과 합동해서 묘한 행동에 나섰다. 그것은 어린것들로서는 심각한, 일종의 작전 계획이었다. 장난삼아서 한 게 틀림없지만 그래도 뭔가 심각한 구석이 있었다. 금줄과 거기 매달린 귤을 처치하자고 든 것이다. 그 당시 귤은 일본서 계절에 맞추어 수입해 오는 것이어서 매우 귀한 것이었다. 그것이 우리의 구미를 자극한 탓도 있었다.

정월 초하루로부터 2~3일 지난 뒤, 우리 두 게릴라는 대나무 작대기를 무기 삼아 메고는 작전 구역으로 출동했다. 사람이 다니지 않는 거리를 골랐다. 그러고는 어느 일본인 집이든 인기척이 없는 집을 노렸다. 작대기로 현관 위에 걸린 금줄을 사정없이 처서 잘랐다. 떨어져 내리는 귤을 챙겼다. 그 자리에서 껍질을 벗겨서 야금야금 맛을 즐기는 여유도 보였다. 사람들의 왕래가 잦은 거리에서 하는 짓이라 서너 집을 터는 게 고작이었지만, 그래도 게릴라들은 대성공을 거두고 의기양양 개선했다.

이것은 순연히 귤 맛을 보자고만 저지른 것은 아니다. 뭔가 다른 게 있었다. 일본인들이 우리 조선인들과 다르게, 양력 설날에 금줄과 귤로 대문이며 현관을 예쁘게 꾸미는 게 어린 마음으로도 영 마땅치 않았던 것이다.

'네까짓 것들이 뭔데?'

그건 심술부리기였을지도 모른다. 지금 생각해도, 그런 구석이 아주 없었다고 우길 형편은 아닌 것 같다. 그래도 그게 우리 조선인 꼬맹이 두 녀석이 감행한 레지스탕스, 일본에 저항한 의거였다고 말하고 싶다. 그것이 어린 우리들의 독립운동도 겸하고 있었다면 황당한 과장일까?

또 다른 항일 레지스탕스

꼬맹이 시절, 일본인 동네 한가운데서 자라다 보니 내 나름의 특별난 의식, 생각 등이 생겼다. 일본인들이며 그들의 문물과 자주 접하면서 친숙해진 면이 없었다면 거짓말이다. 일본인 친구도 있었고 일본인 이웃도 있었다.

우리 집 뒤의 고샅에는 공동 우물이 있었는데, 이웃 일본인들과 한 두레박을 썼으며 같은 물로 청소하고 뜰에 흩뿌리고 했다. 그럴 때 조선인, 일본인의 차이는 없었다. 적어도 그 순간, 그 골목에서는 그랬었다.

하지만 엄연히 다른 면도 있었다. 우선 어린 우리에게는 조선인 초등학교와 일본인 초등학교가 구별되는 게 가장 눈에 띄었다. 같은 학군 안일 텐데도 달랐다. 조선인 학교인 '부민 국민학교('초등학교'의 전 용어)'는 우리 집에서 꽤나 멀리 떨어져 있었다. 건물도 초라한 목조 2층이었다. 한데 우리 집에서 그다지 멀지 않은 일본인 초등학교는 석조 3층 건물이었다. 겉모양부터가 으리으리했다.

그것만이 아니었다. 그 학교 운동장에는 수영장까지 갖추어져 있었다. 우연히 한 번 들렀다가 그 수영장을 보고 대경실색한 기억은 오늘날에도 생생하다. 물론 첫눈에 수영장이란 걸 알지도 못했다. 땅이 넓고 깊게 패고 거기 맑은 물이 고여 있으니, 대체 무슨 물구덩이인가 하고 생각했었다. 남들에게 묻고 난 후에야 겨우 그게 수영장이란 것을 알았을 정도다.

아무튼 이런 게 그 당시 내가 실감한 조선과 일본의 차이였다. 그게 은근히 내게 일본인과 다르다는 이질감을 갖게 했다. 그러고는 나도 모르는 결에 반일 감정에 사무치게 한 것이다. 차라리 아예 조선인 동네에 살았더라면 어린 내게 그런 마음이 들지 않았을 것도 같다. 일본인 동네에 살았기에 반일 감정이 움터 오른 셈이다.

그래서 장난이나 놀이 겸해서 별짓을 다 했다. 일본인 집의 문패를 찌그러뜨리는 것도 그중 하나였다. 돌로 나무 문패를 찍어 대는 것은 일도 아니었다. 더 짓궂게 놀기도 했다. 가령 여기저기 길거리의 개똥을 모아서 일본인 집의 대문 앞에 슬쩍 던지고는 줄행랑을 놓는 것이다.

그러던 중에 이웃집 형과 둘이서 아주 큰일을 벌이게 되었다. 그것은 어린 우리로서는 엄청 큰일이 아닐 수 없었다. 일대 원정(遠征)이었다. 먼 길을 가서는 적과 맞붙는 작전이었다. 우리 둘은 미리 전략을 짜고 제법 거리가 먼 일본인 초등학교를 전쟁터로 삼기로 했다. 가까운 학교를 두고 일부러 먼 학교를 택한 것은, 가까우면 혹 우리를 알아보는 녀석이 있을지도 몰라서였다.

우리는 겉저고리며 바지의 호주머니에 총알로 쓸 돌멩이를 잔뜩 채웠다. 물론 손에는 작은 몽둥이 하나씩을 들었다. 완전 무장을 한 셈이었다. 작전 계획을 주동적으로 짠 이웃집 형이 선봉장이 되어서 일본인 학교의 운동장 안으로 달려 들어갔다. 나는 정문 앞 길목에 엎드려 매복했다.

마침 일요일이었다. 운동장 안으로 돌진한 형은 모여서 놀고 있던 일본인 학생들에게 일본말로 마구 욕을 해댔다.

"일본 놈 바보 천치!"

"일본 놈 뒈져라!"

기습을 당한 일본인 학생들이 형에게로 몰려들었다. 쫓기면서 형은 내게로 달려왔다. 내가 엎드려 있던 곳은 전략적 요충지였다. 학교 정문 앞은 좁은 골목이었는데 그것이 곧장 ㄱ 자로 꺾이면서 한길로 통하게 되어 있었다. 그 꺾인 길목에서 미리 기다리고 있던 나는 형과 합세했다.

둘이서 달려드는 오륙 명가량의 추격대에게 사정없이 돌팔매질을 해댔다. 적들은 기겁하고는 돌을 피하기에 바빴다. 운동장안 저만치에서 미적대고 있는 추격대에게 돌팔매질을 끝낸 우리는 몽둥이를 휘둘러댔다. 적들은 또다시 머뭇댔다. 그때를 노려서 기습대원 둘은 한길 쪽으로 빠져나왔다. 그러곤 뒤도 안 돌아보고 우리 동네 쪽을 향해 질주했다. 한참을 뛰다가 뒤돌아보니 뒤쫓아 오던 추격자들이 저 멀리 뒤에서 뭐라 소리치면서 멈추어 서 있는 게 보였다.

우리는 그제야 천천히 걸었다. 몽둥이를 흔들고 활개를 치면

서 걸음을 옮기는 것이었다. 그것은 승리한 자의 개선 행군이었
다. 그렇게 활보하는 동안, 우리는 이따금 두 손을 번쩍번쩍 추켜
들었다. 항일(抗日) 전쟁에서 대승을 거둔 것을 그렇게 스스로 축
하한 것이다.

너 차라리 죽어!

　　　　　　나는 어릴 적부터 병치레를 심하게 했다. 감기를 남달리 자주 앓았다. 배앓이도 여간 잦은 게 아니었다. 집 근처 병원에 노상 들락거렸다. 초등학교 다닐 때도 마찬가지였다. 겨울이면 감기에 걸려 열에 시달렸다. 이마에 얼음 수건을 얹고 자주 누워 있곤 했다. 배가 아플 때는 뜨거운 아랫목에 배를 깔고 누워서 끙끙댔다. 거의 상투적으로 그랬다. 그러니 '약골'이라는 별명을 얻었다. 더러는 '병골'이란 말도 들었다.

　그래서 초등학교 다닐 적에 친구들처럼 운동장에 나가서 운동하고 뛰어놀고 하는 것은 절로 멀리했다. 언제나 교실에 달팽이처럼 눌러 박혀 있었다. 내게는 책상이 학교의 전부였다.

내가 초등학교를 다닐 적에는 각 반에 당번이란 게 있었다. 당번은 조례나 체조 시간이라 해서 아이들이 밖에 나간 사이에 빈 교실을 지키는 일을 맡아 했다. 당번은 두 사람이었는데, 나는 '상근 당번'으로서 노상 당번을 맡아 했다. 짝이 될 당번은 반 아이들이 순서대로 교대 근무를 했다. 그렇게 해서 나라는 약골은 만년 당번을 하게 된 것인데 그 덕을 단단히 보았다.

텅 빈 교실의 책상에 쪼그리고 앉아서 무얼 할 수 있단 말인가? 낮잠을 잔다 해도 잠시 잠깐, 그 나머지 시간을 무얼 하고 때운단 말인가? 그렇다고 우두커니 돌부처처럼 앉아 있기만 할 수도 없었다. 해서 그야말로 궁여지책(窮餘之策)으로, 이를테면 딱한 처지를 견디다 못해 하게 된 방책이 다름 아닌 책 읽기였다.

그야말로 만부득이 그럴 수밖에 없었다. 아이들이 밖에 나가고 없는 시간 그리고 쉬는 시간에 나는 책상에 머리를 박고는 책 읽기를 계속했다. 그러다 보니 나도 모르는 새 책벌레가 되어 있었다. 즐겨서 그랬다기보다는 피치 못해 그렇게 된 것뿐이다.

그러니 그 당시 국어라고 하던 일본어 시간만 되면 나는 판을 쳤다. 교과서 읽기는 누워서 떡 먹기였다. 그뿐만 아니었다. 읽기를 잘하다 보니까 작문도, 말하자면 글짓기도 그야말로 따놓은 당상이었다. 반에서 아무도 나를 따를 자가 없었다.

그걸 입증할 사건이 생겼다. 5학년 때쯤 부산일보라고 하는, 그 당시로는 부산의 유일한 신문사에서 초등학생 작문을 현상 모집했는데, 나는 보기 좋게 입상했다. 내 이름이 언론에 보도된, 가문의 영광이랄 만한 사건이었다.

그러니 내가 작문만 지어서 내면 담임선생은 그걸 교실 뒷벽에 높다랗게 붙여놓곤 했다. 400자 원고지에 쓴 나의 글에 담임선생이 붉은색 테두리를 친 것이 별나게 두드러져 보였다. 그 앞을 지나칠 적마다 나의 어깨는 절로 으쓱거렸다.

읽기며 쓰기에 능하다 보니 성적은 늘 반에서 상위에 속했다. 그래서 생긴 사건이 있다. 5학년 때였다. 마침 반장 선거를 하게 되어 있었다. 담임선생이 두 후보자의 이름을 칠판에 적어놓고 투표를 해서 그중의 하나를 반장으로 택하라고 했다. 투표수가 모자라는 학생은 부반장이 된다고 했다. 그때 내가 나도 모르게 우두커니 두 후보자의 이름을 선망의 눈으로 올려다보았던 모양이다. 그것을 눈치 챘던지 담임선생이 문득 내게 말했다.

"네가 다음 학기에라도 몸이 좋아지면, 그땐 반장 후보에 오를 거야. 지금은 참아."

그 부드러운 타이름에 나는 얼결에 얼굴을 붉혔다. 그만큼 담임선생이 나를 아껴준 것이다. 한데 바로 그 때문에 뜻밖의 일을 겪게 될 줄이야.

반장 선거가 끝나고 며칠 뒤였다. 마침 체육 시간이라서 다들 운동장에 나가 있었다. 그날따라 적잖게 심심했던지 빈 교실을 지키다 말고 나도 운동장에 나갔다. 반 아이들은 마침 달리기를 하고 있었다. 나는 일본말로 '로쿠보쿠(ろくぼく, 늑목)'라고 하는 사닥다리 모양의 체조 기구를 타고 올라갔다. 수평으로 큰 막대가 층층으로 가로질러 있어서 약골인 나도 타고 오르는 데 그다지 어렵지 않았다. 문득 원숭이가 된 나는 기구에 반쯤 올라가서는 멀거니 우리 반 아이들이 달리기 경주를 하는 것을 내려다보고 있었다. 부러운 마음 가득히.

그때였다. 지나가던 담임선생이 나를 올려다보면서 중얼대듯이 말했다.

"그럴 바에야 너 차라리 죽어!"

그러고는 지나쳐 가버렸다. 한데 그 한마디가 내 가슴에 메아리쳤다.

'오죽하면 그러셨을까?'

철없는 나이였지만 그 한마디가 담임선생이 내게 베푸는 사랑이란 것을 깨달을 수 있었다. 뼈저리게, 가슴 아리게 깨달을 수 있었다. 그 뒤 평생에 걸쳐서 그토록 사랑에 겨운 말을 남들에게서 들어본 적이 없다.

나의 한일 관계(1)

그날을 돌이켜보며

올해로 조국 광복 66주년이다. 감개가 무량하다. 반세기도 더 전의 일들인데도 그 무렵의 일들이 갖가지로 아릿하게 떠오른다. 그때의 상흔이, 생채기가 새삼스레 살아나는 가운데 고개 끄덕이며 미소가 지어지는 일화도 있다. 그것은 '상처 속의 보람' 같은 것인지도 모른다.

내가 8·15 광복을 맞은 것은 중학교 2학년 때였다. 그 학년 초봄부터 우리는 소위 '학도 동원'이란 것을 당해서 이른바 '근로 봉사'를 하고 있었다. 마침 다니던 학교가 공업학교여서 실습 공장에서 기계로 뭔지 모르는 무기의 부품을 제작하는 게 주어진 임무였다. 그러니 간접적으로라도 또 본의 아니게라도 태평양 전쟁에서 일본의 편을 들고 있는 꼴이었다.

그러던 중 8월 15일 아침에 지시가 하달되었다. 낮 12시에 학교 안의 지정된 장소에 모이라고 했다. 그 당시 '천황폐하'라고 불리던 일본 왕이 대국민 중대 방송을 한다고 알려졌다.

운동장 한구석에는 마침 학교에 주둔하고 있던 군인들이 미리 와서 땅바닥에 무릎을 꿇은 채 웅크리고 있었다. 우리들도 그들 곁에 그들과 같은 자세로 자리를 잡았다. 정각 12시, 우리 앞에 놓인 확성기에서 방송이 흘러나왔다. 일본 왕의 목소리였다.

"일본 대제국은 전쟁에 패하였소 연합군에 패하였소"

그 순간 군인들이 땅을 치며 통곡하기 시작했다. 내 옆에 있던, '호리에'라는 이름의 나와 아주 절친했던 일본인 친구는 엎드려서 울먹였다(그 당시 우리 학교는 '일선 공학'이라고 해서 조선인 학생과 일본인 학생이 반반이었다).

나는 얼떨떨했다. 일본의 패전이 우리 조선인에게 무엇을 의미하는지 궁금했지만, 당장 답을 낼 수는 없었다. 호리에는 그저 어리둥절해하고 있는 나의 손을 움켜잡았다. 손의 떨림으로 그의 흐느낌이 전해졌다. 나도 힘주어서 그의 손을 맞잡았다. 그를 달래듯이 손을 흔들었다.

그러나 그건 일본의 패전을 서러워한 탓은 아니었다. 다만 친구의 아픈 마음을 달래자는 것이었을 뿐이다. 그것은 국적이며 민족을 넘어선 소년끼리의 우정이었다. 그게 전부였다.

방송이 끝나고 다들 일어섰다. 호리에와 나는 손을 잡은 채로 한참을 걸었다. 나는 아직도 훌쩍이고 있는 그의 어깨를 가볍게 두들겨주었다.

내가 그렇게 광복을 맞은 그다음 날, 자주 그랬듯이 호리에가 우리 집으로 나를 찾아왔다. 집 바깥에서 여전히 나를 일본식 이름으로 불러대는 그의 목소리를 좇아서 골목으로 나섰다. 그는 어제와는 달리 비교적 안정되어 보였다.

"이제 마음이 괜찮은가?"

나의 물음에 그는 빙긋이 웃으면서 가볍게 고개를 주억거렸다.

"오늘은 무슨 일로? 어디 놀러라도 갈까?"

"아니야, 네게 꼭 할 말이 있어!"

그러면서 그는 뜻밖의 말을 했다.

"우리 일본으로 같이 가자!"

"뭐라고?"

"나와 함께 일본으로 가잔 말이야."

어안이 벙벙해진 내게 그가 다가섰다. 제 어깨를 내 어깨에 기대면서 타이르듯이 말을 계속했다.

"너도 알다시피 미국 군대는 야만이야. 사람을 마구 해친다고. 이제 곧 그들이 조선에 올 텐데 그러면 무슨 일을 당할지 몰라. 조선은 좁으니까 피해서 도망칠 곳도 마땅치 않을 거 아닌가 말이다."

여기서 그는 잠시 말을 끊었다. 침을 꿀꺽 삼켰다.

"일본의 내 고향은 땅이 넓은 고장이야. 산도 많고 해서 숨어 살 데가 많아. 여기 부산은 그렇지 못하잖아. 미군에 잡혀 고통을 겪을 게 빤하잖아. 널 여기 두고 내가 갈 수는 없어."

뜨악했다. 그의 말이 고맙기는 하지만 너무 뜻밖의 청이라 무슨 말을 해야 할지 생각이 잡히질 않았다. 무슨 말로든 둘러대야 했다. 우리의 우정에 금이 안 가게 구실을 대야 했다. 멈칫멈칫 입을 열었다.

"우리 식구는 어떻게 하고?"

달리 말이 생각나질 않았다. 다만 그 어정쩡한 말을 토하면서 나는 그의 손을 움켜쥐었다. 가만가만 흔들었다.

나를 뚫어지게 바라보던 그가 이내 시선을 내리깔았다.

"그럼."

단지 그 외마디를 남기고 그는 뒤돌아섰다. 힘없이 발을 떼놓았다. 그의 등에 몰리고 있는 나의 눈물 어린 시선을 의식하는 듯이 그의 발걸음은 무거웠다.

그의 마지막 한마디, 우리말로는 '그럼'이란 뜻의 일본말 '자(じゃ)'라는 소리가 쉽게 사라지지 않았다. 그것은 반세기도 더 지난 오늘에도 그를 생각할 적마다 내 가슴속에서 메아리치곤 한다.

나의 한일 관계(2)
일본인 군사 교관 엿 먹이기

호리에와 나 사이에는 국적이
나 민족의 차이 같은 것은 없다시피 했다. 그저 막역한 친구였다.
조선인 학생과 일본인 학생이 거의 반반인 우리 학급에서 나는
다른 누구보다도 호리에와 친했다. 친해도 예사로 친한 게 아니
었다. 그는 성격이 순박하고 활달했다. 같은 반 아이들 모두를 격
의 없이 대했지만 나와는 아주 각별났다.

그러던 중 아주 특별한 경우의, 특별한 일이 그와 나 사이에
벌어졌다. 중학교 1학년이던 우리는 군대식 '야간 행군'을 하게
되었다. 부산 교외의 들길이며 언덕길을 줄지어 밤새 걸어야 하

는데 그 길이가 50킬로미터도 더 되었다.

그것은 십 대 초반의 소년들에게는 가혹하고도 혹독한 강훈련이었다. 넷이 나란히 걷되, 가운데 둘이 각각 바깥쪽 급우(級友)의 어깨에 팔을 걸치고 잠자는 시늉을 하면서 걷기도 했다. 한 학년이 다 그래야만 했다.

그렇게 초저녁을 보내고 한밤중이 되었을 때, 우리는 휴식을 겸해서 밤참을 해 먹게 되었다. 밤참이라고 해봐야 몇몇으로 갈라져서 직접 지은 밥에 소금을 끼얹어서 먹는 게 고작이었다. 그나마 다들 배고팠던 탓에 허겁지겁 먹어댔다.

이상하게도 서둘러 먹고 난 호리에가 나더러 약속한 대로 팥을 내놓으라고 했다. 그러더니 방금 밥을 먹고 비운 '한고(はんご, 반합)'라고 하던 양철 밥그릇에다 팥을 담고 급히 삶기 시작했다. 거기다 제가 가지고 온 밀가루와 설탕을 끼얹어서는 단팥죽을 끓였다. 미리 불을 달구어둔 탓에 인스턴트 단팥죽이 금방 완성되었다.

그는 직접 맛을 보았다. 쪽쪽 입맛을 다시면서 혀를 날름거렸다. 나더러도 맛보라고 했다. 다른 것은 몰라도 설탕의 단맛이 그럴듯했다. 태평양 전쟁이 한창이던 당시에는 설탕이 아주 귀했다. 시에서 배급으로 주는 것을 눈곱만큼 얻는 게 고작이었다.

그런데 호리에는 어디서 어떻게 구했는지 설탕을 담뿍 팥죽에 넣었다. 제 어머니가 애써 모아 따로 간직해둔 것을 훔쳐낸 것인지도 모르는 일이었다. 그와 내가 맛을 보고 난 다음, 그는 단팥죽 그릇을 들고 일어섰다. 그러더니 엉뚱한 짓을 하는 게 아닌가!

호리에는 그릇에 대고는 느닷없이 코를 풀었다. 콧물 반, 침 반, 그걸 단팥죽에 끼얹었다. 그릇을 내 앞에 내밀었다.

"자, 너도 여기다 코 풀어!"

나는 영문을 몰랐다.

'밤참 먹을 때 단팥죽을 끓여 먹자며 팥을 가져오라더니, 원 세상에 이게 무슨 짓이람?'

어정쩡하게 서 있는 나를 그가 독촉했다.

"빨리 코 풀라니까!"

"왜 이래, 뭐 하자는 거야?"

그제야 호리에는 눈을 찡긋하면서 털어놓았다.

"응, 그놈의 군사 교관에게 갖다 줄 거야."

나는 머뭇댔다. 거듭되는 그의 독촉을 받고서야 겨우, 단팥죽에 코를 푸는 둥 마는 둥 했다. 그는 두 팔로 귀한 물건 다루듯이 우리의 콧물이 섞인 단팥죽 그릇을 받들었다. 그러고는 행진하듯이 발걸음을 옮겨놓았다.

얼마 뒤에 그는 의기양양하게 되돌아와 소곤대듯 내게 말했다.

"그 교관 녀석, 우리 코 맛나게 처먹었어!"

"왜 그랬지? 들키기라도 하면 어떻게 하려고?"

뜨악해하는 나의 궁금증을 풀어주듯 그가 대답했다.

"너희들 대신 내가 복수한 거야. 너와 같은 조선 학생들 하나도 나쁠 것 없는데, 그자는 까닭 없이 '조센징(朝鮮人)'이라고 욕하고 했으니 천벌 받아도 싸지! 우리 코는 말이야 그에겐 약이야, 약!"

그러곤 웃어댔다. 난 그때서야 빙긋 웃었다. 공범의 합의와도 같은 것이었다.

그는 부산 시내에 있던 큰 신사(神社)의 주지 아들이었다. 부산의 일본인들 가운데서도 내로라하는 명문 집안의 큰아들이었다. 그런 그가 어쩌면 들통 나서 엄벌에 처해질지도 모를 짓을 자진해서 저질렀던 것이다. 조선인 학생 편을 들어서 그런 짓을 한 게 드러나면 퇴학 처분을 당할 수도 있었다. 한데도 그는 감히 우리의 '코 단팥죽'을 일본인 군사 교관에게 먹였다.

물론 그것은 단지 조선인 학생을 위한, 그중에서도 나를 위한 우정의 표시일 수도 있었다. 그러나 결과적으로 그것은 의거(義擧)였다. 그는 조선인 친구들을 위해서 일본 군부에 대든 레지스탕스였다. 그에게는 우정이 군국주의에 기운 애국심보다 더 소중했던 것이다.

그가 조선인 학생에게 베푼 우정, 그것은 한일 간에 문제가 생기고 말썽이 생길 적마다 언제나 나의 가슴에 사무치곤 한다. 이 다음에 혹 그를 만나는 요행을 누리게 된다면 나는 그에게 진짜 단팥죽을 끓여주고 싶다.

조선말 쓴 학생 손들어!

우리들은 올해로 '광복 66주년'을 맞았다. 그 반세기도 더 전의 일들이 갖가지로 새삼 생각난다. 물론 이른바 일정 시대 또는 일제 강점기 때의 일들이다. 아리고 쓰린 상처투성이의 기억 속에는 그나마 빙긋 웃음 짓게 되는 토막도 포함되어 있다. 그것은 어쩌면 어린 나의 '상처 속의 영광' 같은 것인지도 모를 일이다.

내가 초등학교 3학년일 때까지는 '조선어 교과서'가 따로 있었다. '조선어 독본(讀本)'이라고 했다. 일본어 교과서는 아예 '국어 독본'이라고 했다. 조선인 학생들에게까지 국어는 다름 아닌 일본어였다.

그러던 중에 우리는 '최후의 수업'을 받게 되었다. 그것은 조선인 학생의 조선말 공부에 종지부를 찍는 일이었다. 조선인 선생은 그날 그 수업 시간을 파하면서 말했다.

"이게 마지막이야. 더는 우리말 공부를 못하게 되었어!"

그러면서 교과서를 내려놓았다. 거기 눈물방울이 하염없이 떨어졌다. 그 순간, 3학년짜리 꼬맹이긴 해도 우리들은 모두 울먹였다. 교실 안은 소리 없는 울음바다가 되고 말았다.

옛날에 돈 없는 나그네가 잡화상 앞을 지나치게 되었다. 그는 문간에서 가게 안에 걸린 옷을 가리키면서 주인에게 물었다.

"저것이 무엇이오?"

주인이 대답했다.

"옷이요(오시오)."

나그네는 가게 안으로 쑥 들어섰다. 그러고는 맛나 보이는 잣 열매를 가리키며 물었다.

"이것이 뭣이오?"

"잣이오(자시오)."

주인의 대답이 떨어지자 나그네는 가게 안의 먹을거리를 닥치는 대로 먹어댔다. 배불리 공짜로 먹은 나그네는 마침내 갓을 가리키며 물었다.

"저것이 무엇이요?"

주인은 당연히 이렇게 대답했다.

"갓이오(가시오)."

나그네는 뒤도 안 돌아보고 가게를 나와 버렸다.

이것이 마지막 조선어 수업의 마지막 조선어 읽을거리였다. 지금도 어제 읽은 듯이 생생히 외고 있는 것은, 이 완벽한 코미디가 워낙 재미있었기 때문만은 아니다. 조선 학생이 더 이상 조선어를 학교에서 못 배우게 된 아픔이 이 코미디와 묘한 대조를 이루고 있었기 때문이다. 그것은 웃음 속에 울음이 깃들고 눈물 속에 웃음이 괴는 셈이었다.

4학년에 들어서면서부터는 오직 일본말만을 쓰도록 강요당했다. 조선말 쓰기는 엄격하게 금지되었다. 그렇다고 쉬는 시간에

54

조선인 학생들끼리만 모였을 때도 일본말을 쓸 턱이 없었다. 절대로 없었다. 아니 수업 시간의 일본말 쓰기가 역겨워서라도 더욱 크게 조선말로 떠들어댔다. 물론 선생들이 안 보이는 틈을 타서 발휘한 우리의 조국애였다.

그러던 중 초등학교 5학년 때의 일이다.

　"오늘 조선말 쓴 학생 손들어!"

일본인 담임선생은 하루 수업을 마친 뒤에 으레 우리에게 이같이 요구했다. 점잖고 어진 분이었으나, 조선말에 대해서만은 고약하게 굴었다. 새로 우리 반 담임을 맡은 그는 그 당시 일본 식민지 정책이 내건 이른바 '국어 상용'에 유독 열을 올렸다.

"국어상용(國語常用)!", "국어를 언제나 써라!"라고 외쳐댄 그 구호에서 국어는 다름 아닌 일본말이었다. 조선말을 못 쓰게 배척하는 것이 그 주목적이었다. 앞에서도 말했듯이 그 당시 초등학교의 국어 독본에서 국어는 으레 일본어를 의미했다.

　"오늘 조선말 쓴 학생은 손들어!"

그 말이 떨어지면 우리 반 학생 전부가 손을 들었다. 일제히 약속이나 한 듯이 손을 높이 치켜들었다. 미리 약속을 하고 다짐을 두고 한 게 아닌데도 우리들은 한 사람도 빠짐없이 손을 들었다. 작정한 듯이 일치단결해서 만세라도 부르는 듯했다.

그건 죄의 고백이 아니었다. 당당한 항의요, 항변이었다. 아주 떳떳한, 이유 있는 반항이었다.

"다들 바지 걷어 올리고 책상에 올라서!"

우리들은 다들 회초리로 종아리를 맞았다. 눈을 부릅뜨고는 아픔을 견뎌냈다. 그게 매일 방과 후마다 되풀이되었다. 우리는 계속 손을 들었고 선생은 매질을 반복했다.

그러던 중 묘한 일이 벌어졌다. 공교롭게 충청도에서 전학 온 학생이 생겼다. 그가 쓰는 고향 말을 가지고 우리는 충청내기라며 흉을 보았다. 그렇게 우리가 흉보는 게 싫었던지, 그는 조선말을 쓰질 않았다. 조선말을 쓰는 무리에도 껴들지 않았다. '국어상용'을 했다.

당연히 그는 조선말을 쓴 것으로 해서 손을 들지 않았다. 회초리를 맞을 턱도 없었다. 하지만 우리 반 친구들이 그를 그냥 두질 않았다. 수업을 마치고 교실 밖으로 나오자마자, 다들 번갈아 가면서 그를 구타했다.

"손 안 든 녀석 우리에게 맞아봐!"

글쎄, 그건 우리들의 조선말 사랑의 소행이었을까? 아니면 그 녀석만 혼자 회초리를 맞지 않은 게 알미워서 그랬을까? 아니면 의젓한 항일 운동이었을까?

"어린것들이 뭘 안다고?" 그렇겐 말하지 말자. 날 때부터 조선 말이 알차게 익어 있던 입으로 난데없이 일본말을 하자니, 그게 무슨 병신 육갑하는 것 같았던 것이다.

우리들의 손들기와 종아리 맞기는 한 달 넘게 계속되었는데, 그 반복이 지루했던 것일까, 담임선생은 그걸 그만두었다. 아니면 우리 어린것들의 끈질긴 저항 운동, 이를테면 레지스탕스 운동에 기가 질렸던 걸까? 쉬는 시간 우리들의 조선말 쓰기는 더한층 흥청댔다. 우리 꼬맹이들은 애국지사가 되었다.

외할머니의 달걀밥

외가(外家), 외갓집! 너무나 정겹다. 그것은 어쩌면 우리 집보다 더 정겨울지도 모른다. 멀리 객지에 나가 있을 때는 그야 '우리 집'이 그리울 수밖에 없다.

그게 아니라면 노상 눌러서 아니면 박혀서 사는 게 우리 집이다. 그러다 보니 새삼 그립고 어쩌고 할 게 못 된다. 그저 만만한 게 우리 집이다. 국어사전에도 '우리말', '우리글'은 올라 있지만 '우리 집'은 독립된 낱말로 올라 있지 않다. 한데 '외갓집'은 당당히 올라 있다. 어쩌면 외갓집이 우리 집보다 더 집다운 건지도 모른다.

그래서인지 외갓집 또는 외가에 붙어 있는 '바깥 외(外)' 자가 영 못마땅하게 느껴진다. 외가는, 특히 어린이들에게 외가는 결코 '바깥 집'이나 '한데 집'일 수가 없다.

외가는 불과 두어 시대 전만 해도 '안집'이었다. 외가 아닌 '내가(內家)'였다. "외갓집 들어가듯"이라는 속담은 그래서 생겼을 것이다. 마음먹은 대로 마음 내키는 대로, 제멋대로 어느 집에 드나드는 것을 두고 "외갓집 들어가듯 한다, 외갓집 드나들 듯한다"고 일러왔다. 외가, 그것은 바로 또 다른 우리 집이고 내 집이었던 셈이다.

조선조 시대의 이름난 벼슬아치나 덕망이 높은 선비 가운데는 어릴 적에 외가에서 자란 사람이 많다. 영남, 그중에서도 경상우도, 그러니까 오늘날의 경상남도를 대표할 선비인 남명(南冥) 조식(曹植)은 어릴 적 외가에서 자랐다. 외갓집은 그의 유년 시절의 또 다른 '우리 집'이었던 것이다.

외가는 말할 것도 없이 어머니의 친정집이다. 어머니의 할아버지, 할머니, 아버지, 어머니를 비롯해서 온 집안 식구들, 즉 외척(外戚)이 살고 있는 집이 외가다. 우리가 흔히 친척(親戚)이라고 할 때, 그것은 아버지 쪽 가족인 친족과 어머니 쪽 가족인 외척을 합해서 일컫는 말이다. 그 밖의 인척(姻戚)이라고 하면 한 남자 어른이 혼인, 곧 결혼함으로써 비로소 맺어진 처가 쪽의 식구를 가리킨다. 모두 합해서는 '친인척'이라고 불러왔다.

그런 중에서도 "어려서는 외가 덕으로 살고 장가들고부터는 처가 덕에 산다"는 말이 있듯이, 지난 시절 외가는 누구에게나 어릴 적의 으뜸가는 보금자리였던 셈이다. 하지만 나는 불행히도 유년 시절에 외갓집에서 자라지 못했다. 그러나 내게도 외가는 사무치게 정겹고 그리운 둥지였다.

초등학교를 다닐 무렵, 자주는 못 가도 이따금 방학 때 외가에 갔다. 그 무렵 부산에서 경남 고성의 외가까지는 상당히 먼 거리였다. 부산에서 진주의 개양역까지 기차로 가서는 거기서 버스를 갈아타야 했다. 가는 데만도 자그마치 네댓 시간은 더 걸린 것 같다. 다른 교통수단을 이용한 적도 있었다. 부산에서 배를 타고 바다 건너 통영에 내려서 버스로 갈아타고 고성까지 가기도 했다. 배편은 기차편보다 시간이 더 많이 걸렸던 것으로 기억한다.

어느 편이든 외가에 닿으면 누구보다도 외할머니께서 반겨 맞아주셨다. 어린 꼬맹이를 허리 굽혀서 끌어안고는 눈물짓기도 하셨다.

"아이고, 잘 왔다! 그런데 네 어미는 왜 안 오고?"

언젠가 부산에 들르셨던 외숙을 따라 외가에 갔을 때 나를 붙들고 외할머니께서 하신 말씀이다. 그 말씀이 외가를 생각할 적마다 지금껏 내 귀에 메아리치는 것은 무슨 까닭일까?

외가 마을은 전체가 한 씨족으로 이루어져 있었는데 우리 외가는 그 종갓집이었다. 지금도 그 자취는 남아 있다. 외중조모의 열녀비가 마을 안의 재실 앞에 높다랗게 서 있는데, 거기에 집안의 내력이 새겨져 있다. 가족에 대해서 언급하고 있는 대목에서는 외증손인 나와 내 형제에 대한 기록도 찾을 수가 있다. 그런 게 어린 시절의 나의 외가였다.

내가 머무는 동안 외할머니께서는 온갖 별식을 장만해서 먹이곤 하셨는데 그 가운데 아주 특별난 것이 있었다. 바로 달걀밥이다. 그야말로 별미였다.

옆에서 지켜보면 그 만드는 절차도 쉽지 않았다. 그 무렵은 시골 농가 어느 집에서나 닭을 키우던 때가 아니었다. 당연히 달걀은 귀한 식품이었다.

외할머니께서는 달걀밥 만들기를 며느리나 아랫사람들에게

시키지 않으셨다. 손수 장만하셨다. 우선 달걀 아래위에 작은 구멍을 내서 흰자위를 따라낸다. 그러고 난 달걀 구멍으로 미리 쪄서 말려둔 찹쌀을 한 알 한 알 밀어 넣는다. 그 구멍을 진흙 반죽으로 막고 달걀 전체에도 진흙을 바른다. 그런 다음 아궁이의 잿불에 묻는다. 그대로 한참을 두고 달걀이 익으면 진흙과 껍질을 벗겨낸다.

이 까다로운 절차가 모두 끝난 다음에야 가까스로 달걀밥은 내 입에 물렸다. 뜨거운 김을 홀홀 불어내면서 외할머니께서는 그걸 내 입에 넣어주셨다.

찹쌀과 노른자가 어울려서 익은 그 촉감이며 맛이라니! 찰지고 구수하기가 천하의 별미였다. 그걸 군것질거리라고 해도 어찌 요즘의 햄버거니 핫도그 따위에 견주겠는가. 그것을 만들어내는 절차는 여간 까다롭고 성가신 게 아니었다. 모르긴 해도 모처럼 찾아온 외손자가 아니고선 그 달걀밥을 맛보기란 어림도 없는 일이었을 것이다.

그러기에 그 뒤 별식이 화제에 오를 적마다 이 달걀밥 이야기를 꺼내보았지만, 그걸 맛보았다는 사람을 만난 적은 아주 드물었다. 어느 재벌집 사람이 어릴 때 먹어보았다고 했을 뿐이다.

외할머니의 별식은 또 있었다. 그것은 까치를 구운 것이다. 도시에서 자란 어린 내게 외가는 지루한 곳이었다. 어느 해 겨울 방학에 외가에 갔는데, 간 지 며칠 못 되어서 부산으로 돌아가게 해달라고 졸라댔던 적이 있다. 그걸 말리면서 외할머니께서는 꾐수를 쓰셨다.

"며칠만 더 기다려라. 날씨가 한껏 추워지면 맛나는 것을 먹여주마. 한밤에 대나무 밭에 가면 추위 탓에 까치가 잠자다가 꽁꽁 얼어붙어 있을 거야. 대나무를 되게 잡아 흔들면 얼어붙은 까치가 그냥 뚝뚝 떨어질 거야. 그럼 그걸 잡아서 구워줄게. 그때까지라도 참고 기다려라."

단 한 번도 먹어보진 못했지만 이 꾐수가 불러낸 나의 호기심은 지금껏 생생하게 살아 있다.

외할아버지의 글 읽기

우리 집안에서는 어린 나를 두고서 친가 어른들을 닮지 않고 외가의 할아버지를 닮았다고들 했다. 그래서 그런지 외할아버지와 나의 인연은 질기고 깊은 것이었다.

내가 보기에 외할아버지께서는 상당한 한학자셨다. 젊어서도 농사는 짓지 않으셨다고 한다. 땅마지기 가진 집안이라 머슴도 두고 있었기에 손수 노동하실 턱이 없었던 것이다. 그러자니 노상 책 읽기, 경전 읽기가 일이자 낙이셨던 것 같다.

내가 어릴 적에 어쩌다 방학을 맞아서 외가에 가면 외할아버지께서는 모처럼 놀자고 찾아온 외손자를 앞에 앉히고 천자문을 읽게 하셨다. 부산에서 초등학교를 다니면서 당시로서는 모던한, 현대 아동 노릇을 하던 내게 그건 어울리지 않는 일이었다.

한데도 외할아버지께서는 한복 차림으로 서당 선생처럼 내게 한문 공부를 시키셨다. "하늘 천, 따 지, 가물 현, 누를 황······ ", 그 천자문은 가물가물하기만 했다. 억지로 따라 외우고 있는 내 얼굴은 보나마나 노랗게 구겨져 있었을 것이다. 모처럼의 방학이 엉망진창이 되곤 했다.

그런 분이 나의 외할아버지셨다. 서책과 경전, 그걸 빼고는 외할아버지를 생각할 수 없었다. 집 안에서만 그러신 것이 아니다. 가까운 곳에 외출할 때면 책 몇 권을 겨드랑이에 끼고 다니셨다. 어디 먼 길을 가서 여러 날 밖에 묵게 되는 경우에는 여러 권의 책을 줄로 묶어서 어깨에 메고 다니셨다. 지금도 외할아버지 하면 어깨에 여러 권의 책을 둘러멘 뒷모습이 떠오르곤 한다. 외할아버지는 곧 책이다시피 했다.

그것은 혈통이 되고 내림이 되어서 내게 이어졌다. 철들기 전부터 동화책이나 동요책 아니면 만화 따위의 책을 벗으로 삼은 뒤로 평생을 책에 묻혀 산 게 바로 나의 이력이기 때문이다. 책벌레의 내력을 나는 외할아버지에게서 물려받은 셈이다.

세월이 많이 지나고 난 훨씬 후에 외가가 기울고부터 외할아버지는 큰딸인 나의 어머니에게 의지해서 우리 집을 자주 찾으셨다. 그 발걸음은 서울에까지 미치기도 했다. 기찻길 천 리를 마다하지 않고 일흔 가까운 연세로 서울 나들이를 하곤 하셨다. 행색은 초라하셨다. 야위고 지쳐 보이기도 했다. 그러나 어깨에 멘 책 짐은 변함이 없으셨다. 여전히 네다섯 권의 책을 어깨에 내리 메셨다. 일편단심이셨다.

그러자니 6·25 전쟁 중에 부산에서 피란 대학을 다닐 때, 외손자는 외할아버지를 한문 선생으로 모시곤 했다. 그 무렵 외가도 부산으로 옮겨 왔기 때문이다. 대학의 정규 과목으로 들어 있던 한문 강독이나 한문학 특강을 위해서 외할아버지는 나의 둘도 없는 개인 강사가 되어주셨다.

외할아버지께서는 내가 들고 간 교재를 풀이하고 해석하고 주석을 붙여주고 하는 것에 그치시지 않았다. 교재 읽기를 끝내고 나면 으레 옆에 두고 있던 경전을 부분적으로 읽어주시곤 했다. 어쩌면 내가 다니던 대학의 한문학 교수나 강사에 뒤질 게 없는 듯이 느껴지기도 했다. 그런 분이 나의 외할아버지였다. 그 덕택에 대학에서 나는 한문 수업에서는 늘 A학점을 딸 수 있었다. 훌륭한 한문 읽기의 가정교사, 그게 바로 외할아버지였다.

한번은 외할아버지께 된통 야단을 맞았다. 대학에서 마침 연암 박지원의 『열하일기』를 강독하고 있을 때였다. 미리 읽어 가기로 되어 있는 대목에 나의 힘으로는 그 풀이가 난감한 것이 있었다. 도리 없이 나의 한문 가정교사를 찾아갔다. 문제 된 대목을 펼쳐놓고 풀이를 부탁드렸다. 물론 술술 해석을 해주셨다. 한데 그게 다 끝나자 불벼락이 떨어졌다.

"대학이라고 이 따위 변문만 가르치고! 되지 않게!"

그렇게 소리치셨다. 나를 나무라시는 투이기도 했다. 내가 여쭈었다.

"할아버지, 변문이 무엇입니까?"

외할아버지는 다시금 나무라듯이 입을 여셨다.

"변문은 변할 변(變)에 글월 문(文)을 쓴다. 바른 글이 아니고 이상한 글이란 뜻이다."

요컨대 사서삼경(四書三經)이 아니란 뜻이라고 나는 생각했다. 정통의 글이 아님을 의미하는 것같이 여겨졌다. 뒤에 가서 사전을 찾아보니 변문이란 중국 당나라 중기부터 북송 초기에 걸쳐 민중 사이에서 유행한 민간 문학을 이르는 말이었다. 그러나 내 머리에는 외할아버지의 그 변문이란 뜻이 잊을 수 없는 것으로 박혀 있다. 그 뒤 수없이 많은 변문을 읽는 동안 언제나 마음이 개운치 않았다.

호랑이와 우리 할머니

할머니! 그 한마디, 너무나 정겹다. 가슴이 절로 다사로워진다. 마음이 저절로 포근해진다. 새삼 어린 시절로 돌아가서 그 품에 안기고 싶다. 어리광 피우면서 보채고 싶어진다. 그러다가 무릎에 누워서 잠들고 싶다. 할아버지 소리 듣는 지금의 처지로도 어린 시절 그대로 부르고 싶은 이름, 할머니! 내게 할머니는 그런 분이다.

우리 할머니는 성품이 깔끔하셨다. 몸차림은 단정하고도 정갈하셨다. 인상은 안존하고도 우아하셨다. 가부좌로 앉아 염주를 굴리며 불경을 염송하실 때면, 산부처가 그런가 싶기도 했다. 피

69

위놓은 향이 설레면 방 안이 그냥 그대로 법당이 되고는 했다.

　　"나무 관세음보살!"

　곁에 있던 어린 손자도 할머니를 흉내 내면서 염불을 했다. 그래서 내가 유치원 다닐 때부터 할머니는 이따금 나를 데리고 절에 다니시곤 했다. 말쑥하게 차려 입으신 위에 목에 건 염주가 가슴까지 길게 드리워져 있던 게 지금도 눈에 선하다.
　절도 예사 절이 아니었다. 36총 본산의 하나이자 영남의 3대 사찰 중 하나인 범어사를 굳이 골라 다니셨다. 우리 집이 있는 부산 서부의 부평동에서부터 동래의 범어사까지, 그건 보통 먼 길이 아니었다. 시내 전차를 두 번 갈아타고 근 한 시간을 가서 교외선 전차를 다시 갈아타고는 동래 온천장의 종점까지 또 한 시간. 하지만 그걸로 목적지에 닿은 것은 아니다. 범어사 입구의 팔송정까지 버스로 또다시 30분가량 가야 했다. 한데 갈수록 태산이라고 버스에서 내려 절까지는 산길을 20~30분 꼬박 숨차게 걸어야 했다.
　할머니와 손잡고 숲길을 걸을 때면 어린 나는 어느 새엔가 동자승을 닮아 있었다. 범어사 대웅전에서 예배를 올릴 때의 어린 나의 꼬락서니라니! 큰절을 올리시는 할머니 곁에서 꼬맹이는 예배를 드렸던 게 아니다. 할머니 흉내를 낸 것뿐이었다. 보나마나 머리는 법당 마룻바닥에 들이박히고, 엉덩이는 천장 높은 줄 모르고 위로 치솟아 있었을 것이다. 그건 영락없이 개구리가 꼬리를 추켜들고 엎드린 꼬락서니였을 것이다. 한데 그 개구리 모양으로 세 번 절하는 삼배가 꼬맹이로서는 무슨 장난처럼 재미있었다. 킬킬대면서 넙죽넙죽 허리를 굽혀 절을 올리곤 했다. 모르긴 해도 부처님도 빙긋 웃었을 것이다.

그렇게 불공을 마쳤다고 해서 바로 집으로 돌아갈 수는 없었다. 으레 요사채(승려들이 기거하는 집)에 방을 빌려서 하룻밤 묵어야 했다. 한데 식사가 문제였다. 절에서 공양이라고 하는 그 끼니를 두고 나는 까탈을 피웠다. 고기반찬 없이는 밥이 넘어가질 않았던 것이다.

밥상을 앞에 놓고 찡얼대는 나를 위해서 할머니께서는 계책을 쓰셨다. 미리 준비해 온 마른 명태 쪽을 가루가 되게 잘게 빻아서 나물과 섞었다. 분명 할머니께서 밥 짓는 공양주하고 미리 짠 게 틀림없었다. 그런 게 나의 절간 다니기이고 절간 생활이었는데,

그것은 초등학교와 중·고등학교 때까지 더러더러 계속되었다. 대학 다닐 적에도 물론 그랬었다.

그러던 가운데, 중학교 다닐 때의 일이다. 여름 방학에 또 할머니를 따라서 범어사에 갔다. 큰절을 지나 대성암 앞을 거쳐서 길고 깊은 계곡 길을 거슬러 올라갔다. 목적지는 미륵암이었다. 범어사가 자리 잡은 금정산(金井山)의 유래를 말해주는 금정, 곧 금빛 샘이 팬 바위 너머, 정상 가까이 바위 벼랑 아래에 위치한 작은 암자를 향해 우리는 헉헉대면서 올라갔다. 계곡 길을 가면서 할머니께서는 나에게 견우-직녀 이야기를 해주셨다.

"일 년 내내 따로 헤어져 있던 견우와 직녀는 말이다. 오늘 같은 칠월칠석날 저녁에 은하수 건너서 상봉하고 사랑을 나눈단다. 반갑다 못해 두 사람이 흘리는 눈물로 더러 비가 오기도 한단다."

나는 그 애잔한 이야기를 처음 들었다. 별들의 사랑! 나는 나무숲 사이로 하늘을 올려다보았다. 거기 새겨진 동화를 읽는 듯했다.

그럭저럭 가파른 계곡 길을 지나 우리는 비교적 평탄한 능선

길에 올라섰다. 일찍 핀 억새들이 살랑대고 있는 오솔길은 마침 산성의 문을 지나게 되어 있었다. 그것은 금정산성의 북문이었는데, 그 앞에서 할머니께서 발을 멈추셨다. 그러곤 산성의 문을 어루만지면서 말씀하셨다.

"내가 말이야, 그 전에 혼자 이 바위 곁을 지나가게 되었단다. 한데 저만큼 산성 문 위에 호랑이가 걸터앉아 있는 게 보였어. 나는 섬쩍지근했다. 하지만 호랑이가 나를 이미 본 것을 어떻게 하겠느냐? 도망갈 수도 없었고 눈을 딱 감고 걸음을 옮겼다. '나무아미타불!' 합장해서는 염주를 굴리고 염불을 외면서 산성 문 아래를 지나갔단다. 한참을 와서 눈을 떠보니 저만큼 미륵암이 보이지 뭐냐. 그때서야 한숨 돌리고 뒤돌아보니까 호랑이는 온데간데없었지 뭐냐."

나는 공연히 겁이 나서 냅다 뛰었다. 억새들이 내 어깨에 휘감겨 들었다.

샛별 빛나듯이 우리 할머니도

할머니 덕택에 대학 시절에도 비교적 자주자주 범어사에 들렀다. 특히 여름 방학에는 상주하다시피 했다. 불심이 깊어서라기보다는 사찰의 분위기가 마음을 끌었기 때문이란 게 옳을 것 같다.

그래서 그랬을까? 할머니께서 돌아가신 후 그 영가(靈駕), 곧 영혼을 동래 범어사의 말사인 안양암에서 모시게 되었는데, 마침 여름 방학 때라서 나는 암자에 상주하면서 할머니를 모실 수 있었다.

불가에서는 집안 어른이 돌아가시면 으레 절에서 백일재(百日

齋)를 올리게 되어 있는데, 우리 가족도 할머니를 위해서 재를 올리게 되었다. 할머니께서 워낙 독실한 불제자이셨기 때문에 당연히 그래야 했다.

백일재는 누군가가 숨지고 난 다음 백 일째 되는 날 절에서 올리는 비교적 규모가 큰 불사(佛事)다. 이럴 때 '재(齋)'라는 것은 '재계(齋戒) 재'라고 읽는데, 제사를 올리거나 종교적 행사를 하게 될 경우 미리 몸과 마음을 깨끗하게 관리하는 것을 의미한다. 불교에서는 거룩한 종교적 행사 자체를 '재'라고 하기도 한다.

한데 집안 어른이 돌아가시고 난 다음 불가에서는 백일재를 올리기에 앞서 먼저 '사십구재'를 올리게 되어 있다. 돌아가신 지 이레, 곧 7일마다 영가를 위해서 재를 올리되 그것을 7번에 걸쳐서 시행한다. 그게 바로 사십구재다.

앞에서 말한 대로 그 시기가 마침 나의 여름 방학과 겹쳤다. 그래서 세 분 숙부를 비롯해 온 가족이 일주일에 한 번씩 재에 참례하는 동안 나는 암자에 눌러 있었다. 아니 그럴 수 있었다. 그래서 할머니 영가를 매일 빠짐없이 모시는 격이 되었다. 그걸 두고 숙모 한 분은 이렇게 말했다.

"할머니가 큰손자라고 끔찍이도 아끼시더니."

첫 칠일재는 온 가족이 빠짐없이 참례해서 성대하게 치러졌다. 여간 큰 불사가 아니었다. 할머니 영혼이 극락왕생하기를, 곧 극락에서 새로운 목숨 누리기를 비는 행사라서 온 가족은 정성과 치성을 바칠 대로 바쳤다. 삼배(三拜)를 되풀이하면서,

"지장보살! 지장보살!"

합장해서는 염송했다. 밤새워서 불사가 끝나면 가족들은 나만 남기고 하산해서 집으로 돌아갔다.

그렇게 여섯 번째의 '육재'가 끝나고 드디어 마지막 '칠재'를 맞게 되었다. 그게 사십구재인데, '막재'라고도 했다. 49일에 걸친 마지막 재라는 뜻이다.

다시 또 온 가족이 모여서 초저녁부터 꼬박 온밤을 새워가며 재를 진행했다. 법당에 영가를 모시고 계속 삼배를 올리고 또 올렸다. 그러곤 야밤중 지나서 탑돌이를 하게 되었다. 큰손자인 내가 영가를 모시고 앞장을 섰다. 가족들이 길게 줄지어서 그 뒤를

따랐다. 아버지 형제가 모두 네 분이라 대소가 해서 식솔이 스무 명 가까이 되어 탑돌이의 규모는 매우 컸다.

"지장보살! 지장보살!"

다들 큰 소리로 염송하면서 탑 둘레를 돌고 또 돌았다. 밤새껏 탑돌이를 했다.

드디어 새벽이 왔다. 탑돌이가 끝났다. 내가 모시고 있던 종이 영가를 불태웠다. 하얀 연기가 새벽바람을 타고 서쪽 하늘로 나부꼈다.

"영가께서는 서방 정토로 왕생하셨네. 나무아미타불!"

스님이 허리를 굽혔다.

바로 그때다. 문득 할머니가 가신 쪽의 하늘로 눈길을 돌리니 맞은편 산봉우리 너머 하늘에 유달리 밝게 빛나고 있는 샛별이 눈에 들었다. 환하게 반짝이고 있었다. 나는 별에다 대고 나직하게 중얼댔다. 아니 염송하듯 불렀다.

'할머니!'

샛별이 한층 더 빛을 더하는 듯했다. 나의 부름에 응하면서 눈부시게 빛나고 있었다.

다시 할머니 모시고

       우리 식구들은 할머니 막재를 밤을 새워 모셨다. 재가 끝난 이른 아침에 다들 암자를 떠나고 나만 남았다. 나는 밤샘 끝이라 피곤했다. 방에 들어와 자리에 눕자마자, 잠을 청하고 말고 할 것도 없이 그냥 곯아떨어졌다. 깊이 잠이 들었다. 꿈을 꾸었다. 할머니께서 생시처럼 나타나 내게 이르셨다.

"얘야, 너하고 미륵암에 가고 싶구나."

나는 그렇게 하겠다고 대답하자마자 곧장 잠에서 깼다. 아침 공양을 하고는 이내 채비를 차렸다. 등산복으로 갈아입고 길을 나섰다. 지난날 할머니를 모시고 이미 두세 번 다녀온 적이 있는 그 산길이었다. 숲이 우거진 계곡을 거슬러 올라가서는 비교적 평탄한 능선 길을 가게 되어 있었다. 두 시간가량 걸리는 먼 길이었다.

나는 할머니 영가가 나와 동행하고 있으리라고 생각했다. 초등학생이던 손자의 손을 잡고 걸음을 옮기던 그 할머니가 이젠 대학생인 손자의 뒤를 따르고 계실 게 틀림없었다. 장손인 큰손자에게 갖가지로 잔정을 베푸시던 분이라 당연히 그러리라 여겨졌다. 이런저런 기억이 떠올랐다. 정겹고 가슴 저린 정경들이 되새겨졌다.

내가 고등학교를 다니고 있을 때, 좌익 활동을 하다가 월북한 아버지 탓에 우리 집은 크게 기울고 말았다. 살림이 무척 어려웠다. 할머니께서는 경제적으로 여유가 있던 숙부 댁에서 기거하고 계셨다. 마침 숙부 댁이 학교에서 집으로 돌아오는 길목에 있었기에 나는 이따금 그 집에 들르곤 했다.

그럴 적마다 할머니께서 옷장 구석에 숨겨두다시피 한 돈을 몇 장 접어진 채로 내게 주시곤 했다. 숙부가 잡용으로 드린 돈을 거의 그대로 내게 주시는 눈치였다. 내가 들를 적마다 매번 그러셨다. 그 돈을 모아서는 더러 수업료에 보태 썼다. 물론 등하굣길에 전차를 타고 오가는 교통비로도 사용했다. 할머니께서 돈을 내 손에 쥐어주며 늘 하시는 말씀이 있었다.

"내가 언제 너희 집에서 밥 먹고 살지."

더러는 어미에게 전하라는 말을 보태기도 하셨다. 그게 무슨 뜻이었을까? 내게는 예사롭지 않는 사연이 간직되어 있는 것으로 들렸다. 큰아들을 여의고 작은아들 집에 살고 있는 것에 마음이 쓰이셨던 것이다. 전통적인 사고방식에 익은 분이라 나이 들어서는 마땅히 장남에게 몸을 맡겨야 했던 것이다. 장남이 없으면 장손에게라도 그래야 했던 것이다. 그래서 입버릇처럼 내게 하신 말씀이, "내가 언제 너희 집에서 밥 먹고 살지" 바로 그 한마디였던 것이다.

할머니 영가를 모시고 미륵암 가는 산길에서 무엇보다 이 말씀이 내 귀에 쟁쟁했다. 비록 살아계실 때 집에는 모시질 못했어도 이제 산길에서 모시게 된 것을 그나마 다행으로 생각했다. 그래서인지 미륵암 가는 길은 사뭇 소슬했다.

나는 그 뒤에도 방학을 틈타서 안양암에 머무는 동안 몇 차례 미륵암을 갔었다. 경관이 빼어난 곳이라 등산 겸해서 그랬었다. 그뿐만 아니었다. 별스럽게 미륵암을 좋아하셨기에 할머니 영가를 모시고 동행하고 싶었던 것이다. 그것으로 생시에 베풀어주신 은혜에 작게나마 보답이 되기를 바랐기 때문이기도 했다.

그런 나의 보은의 길은 몇 차례 되풀이되었다. 미륵암 법당에서 예배를 드릴 때면 할머니 기척이 느껴지곤 했다. 할머니와 나 사이의 인연은 그렇게 더욱 질기게 이어졌다. 못 잊는 것이 되어갔다.

어느 날 나는 또다시 미륵암을 찾아갔다. 여느 때처럼 예배를 마치고 묵고 있던 안양암으로 발길을 돌렸다. 나는 일찍 핀 억새들이 설레고 있는 사이를 누비고 비탈길을 내려가고 있었다. 한참을 한가하게 걸었다. 막재 모신 지가 두어 주일밖에 안 되었기에, 나는 이 길을 함께 걷곤 하신 할머니 생각에 젖어 있었다. 그렇게 또 영가와 동행하고 있었다.

그러던 중 오솔길이 제법 넓은 개울을 만났다. 나는 풀쩍 건너

뛰었다. 한데 건너편 풀들이 머금은 물기에 나는 그만 미끄러지면서 엉덩방아를 찧었다. 어떻게 된 영문인지 주저앉은 채로 고개가 뒤로 돌려졌다. 미륵암이 빤히 올려다보이던 그 순간, 할머니의 목소리가 문득 들려왔다.

"끊어야지, 이 녀석! 인연은 끊어야지!"

불심이 남달리 깊었던 할머니셨다. 평소에 불경과 염주를 손에서 떼어놓은 적이 없었다. 그런 할머니께서 "사리(捨離)하라!"라는 부처의 가르침을 주신 것이다. 속세의 이해관계며 욕심 그리고 거기서 맺어진 인연을 버리고 떠나라고 한, 그 사리의 진리를 일러주신 것이다.

할머니를 못 잊고 마음 쓰고 있던 손자에게 베푸신 그 가르침, 반백 년이 지나도록 마음에 사무쳐 있다.

산사(山寺)에서 보낸 푸른 세월

대학 시절 여름 방학은 으레 산
사에서, 산속의 작은 암자에서 보내곤 했다. 그것은 나의 이른바
'입산수도' 같은 것이었을까? 아니 도를 닦는 게 아니라 즐거움
을 누리는 일이었다. 말하자면 나의 산사 생활은 '입산 쾌락'이었
던 셈이다.

부산의 교외, 동래의 금정산에 위치하고 있는 범어사에 딸린
작은 암자가 나의 생활 터전이었다. 나의 둥지였다. 보금자리였다.

어느 해 여름, 방학을 하고 부산 집으로 돌아온 나는 입산을
서둘렀다. 범어사에 딸린 작은 암자인 안양암으로 달려갔다. 한

데 주지 스님이 바뀌어 있었다. 그전과는 다른 노승이었다. 새로 부임해 온 지가 얼마 되지 않은 듯했다. 새 주지 스님은 거기 머물고 싶어 하는 나의 청을 들어주지 않았다.

나는 마지못해 이 암자의 단골 신도였던 할머니 법명을 댔다. 그러면서 할머니께서 여름 방학을 안양암에서 지내도록 하라고 당부하셨다고 둘러댔다. 할머니께서도 내가 머무는 동안, 불공을 드리러 오실 예정이라고 덧붙였다. 그렇게 해서 겨우 허락을 받았다. 작은 문간방이 내게 배정되었다. 그렇게 그 여름 산사 생활이 시작되었다.

주지 스님은 참으로 엄격한 분이었다. 그건 하루 세끼의 밥상에서도 드러났다. 아침은 으레 죽이고 낮과 밤의 끼니인 공양도 단출했다. 그릇에 팔부 정도, 그러니까 밥이 그릇 위에까지는 차지 않았다. 산나물 한 가지, 묽은 토장국 한 그릇, 김치, 그게 반찬의 전부였다. 김치는 말뿐이어서 소금물에 배추를 우린 국물 김치였다. 하루 세끼 마주 보고 앉아서 밥상을 받곤 했는데도 말한마디 걸어주지 않았다. 그렇다고 주제넘게 내가 먼저 입을 열수도 없었다. 밥상머리는 침묵으로 가득했다.

그렇게 일주일쯤 지난 어느 점심 공양 때였다. 아침나절에 비가 내린 다음이었다. 밥상을 받고 앉아 있는 마루 위 처마 끝에서 빗방울이 뚝뚝 떨어지고 있었다.

주지와 어린 상좌 그리고 나, 이렇게 셋이서 다른 때처럼 말없이 밥만 먹고 있는데 정말이지 느닷없이 스님이 말을 건넸다.

"여보게, 학생. 저 처마 끝에서 떨어지는 빗방울에 젖어 있는 바위가 보이지. 저같이 자네는 머물다 가라고!"

뜻밖의 말에 나는 얼떨떨했다. 미처 무슨 소리인지도 못 알아들었다. 그걸 눈치 챈 스님이 말을 이었다.

"회자정리(會者定離)라고 누구든 만나면 헤어지게 되어 있어. 헤어지면 섭섭한 법이야. 때론 마음도 아프지.

해서 자네를 여기 오지 못하게 한 건데, 기를 쓰고는 머문 게 아닌가. 제발 저 비에 젖은 바위처럼 없는 듯이 있다 가게."

나는 어이가 없었다. 그러나 알아들은 것으로 해서 고개를 끄덕이는 것 말고는 달리 어쩔 수가 없었다. 그 뒤 우리 셋은 언제나 바위가 되었다. 눈인사 말고는 말 한마디 주고받지 않았다. 나는 그걸 견딜 수가 없었다. 그래서 소리 없는 항거를 하게 되었다. 그건 우연히 단서가 잡힌 어떤 행동이었다.

한낮에 더운 기가 심해지면 개울로 내려가서 멱을 감곤 했다. 물속에 잠긴 채로 살갗을 문질러서 때를 벗기는데, 피리('송사리'의 경남 방언)들이 그걸 받아먹는 게 아닌가! 낚아채듯이 날름날름 삼켜댔다. '옳거니!' 하고는 마침 물을 마시고 비워둔 유리병에 때를 밀어 넣고는 그 병을 물속에 담가놓았다. 물고기들이 그걸 노리고 유리병 속으로 들어갔다. 그렇게 몇 마리 잡은 것을 불붙인 나뭇가지에 얹어서 구웠다. 그 고소한 맛이라니!

그다음부터는 어린 상좌를 꾀어서 함께 피리 바비큐를 즐기기도 했다. 상좌는 갈데없이 파계승이 되었고 나는 그 공범이 되었다. 나는 이 뜻밖의 항거를, 주지 스님에 대한 말 없는 항거를 계속했다.

그렇게 엎치락뒤치락하면서 그런대로 산사 생활을 지탱하던 중 뜻밖에 스님의 가르침을 받게 되었다. 뙤약볕이 내리쬐던 오후, 암자를 나와서 개울가의 그늘을 찾아가던 중이었다.

주지 스님이 햇살을 마다하지 않고 밭을 갈고 있었다. 나는 얼

곁에 말을 건넸다.

　"스님 제가 하지요"

그러자 바로 대답이 돌아왔다.

　"이놈, 이건 내 공부야! 넌 네 공부나 해!"

그러곤 아무 일도 없었던 듯이 스님은 괭이질을 계속했다. 너무나 따가웠던 그 한마디, 지금도 공부에 진력이 나거나 하면 큰소리로 되뇌곤 한다.

어느 노장 스님의 가르침

한 줄기 연기와 한 줌의 재

앞에서도 이야기했듯이 나는 대학과 대학원 시절에 여러 여름 방학을 산사에서 보냈다. 산사 중에서도 동래 범어사의 말사인 암자들에서 보냈다. 그건 보람된 시간, 충족된 시간이었다.

그곳에서는 늘어지게 낮잠을 자는 것조차 '건설적'이었다. 미리 정해진 중요한 일과의 하나였다. 낮잠이 '일거리'이기도 했다면 허풍을 떠는 게 될까?

일과 중에는 책 읽는 게 으뜸이었다. 학생으로서는 당연했다. 빈 법당에 가서 불공을 드리기도 했다. 하지만 즐겁기로는 아무래도 산길이며 숲길 걷기가 제일이었다.

개울을 따라서 걷는 것은 사뭇 상쾌했다. 물소리에 발맞추어서 걸음을 옮기다 보면, 내가 물이 되어서 흐르는 것 같기도 했다. 그러다가 마음이 내키면 냇가의 바위에 앉아 맨발을 물에 담갔다. 바짓가랑이를 무릎까지 걷어 올린 채 눈을 감고 있으면 그것은 나의 '물 좌선(坐禪)'이 되곤 했다. 몸은 가만히 눌러앉은 채로 마음속에는 정갈하게 물살의 맴돌이가 일었다. 생각이 생각을 물고 엮어져 나갔다. 상상이 또 다른 상상을 일깨우면서 연속되었다.

그러다가 어느 순간 머릿속이 온전하게 허공이 되는 수가 있었다. 말갛게 티 한 점 없이 머릿속이 투명해지는 것이었다. 거의 온종일, 온 시간을 그렇게 혼자서 보내곤 했다. 아니 시간을 뜻깊게 살려나갔다. 혼자일 때 스스로에게 가장 충실해진다는 것을 이따금 느끼기도 했다.

그러던 어느 새벽이었다. 새벽도 아주 이른 새벽, 동이 틀까 말까 하는 즈음이었다. 암자 앞 봉우리에 서서 먼 곳 바라기를 하고 있는 내 곁에 문득 노장 스님이 와서 섰다. 그러면서 물음을 던졌다.

"저쪽 먼 산언덕에 뿌옇게 연기가 일고 있는 게 보이지. 그게 뭔지 알겠나?"

연기는 간신히 눈에 들어왔지만, 그 정체를 내가 알 턱이 없었다. 고개를 가로젓는 나에게 스님이 말했다.

"저 연기는 말이야. 저 건너편 산 암자의 노장 스님을 다비(茶毘) 부치는 연기가 틀림없어. 그분이 돌아가셨다는 이야기를 어제 들었거든."

다비는 불가에서 시신을 화장하는 것을 일컫는 말이다. 나는 그 말에 가슴이 찡했다. 그 뿌연 연기가 한층 더 애잔해 보였다. 내친김이었을까? 스님은 말을 이었다.

"기왕 말이 나온 김에 내가 어릴 적 상좌 노릇을 하면서 우리 스승 다비 부친 이야기를 들려주지."

그것은 밤이었다고 한다. 시름시름 앓던 나이 많은 스님이 문득 돌아가셨다. 상좌는 어쩔 줄 몰랐다. 둘뿐이던 깊은 산속의 암자라 어디 도움을 청할 데도 없었다. 덩그러니 혼자서 시신을 지키자니 겁도 났다. 시신 곁에서 밤을 새울 수가 없었다. 어둠을 무릅쓰고 큰절로 스승을 모시고 가는 게 낳을 거라 여겨졌다. 시신을 둘러업었다. 깜깜한 비탈을 타고 내려갔다. 어린것이라 시신이 무거워서 걸음을 옮기기도 힘겨웠다. 억지로 억지로 큰절까지 갔다. 그랬더니 스승을 직접 다비에 부치라는 지시가 내려졌다. 그나마 혼자서 하라고 했다. 나무를 모아서 불을 지폈다. 거기 스승의 시신을 올렸다.

이 대목에서 노장 스님은 말을 중단하고 내게 물었다.

"그 시신 불타는 모양이 뭐 같은지 모르지? 그건 말이야 꼭 오징어 굽는 것 같아."

몸서리치는 나를 모르는 체하며 스님은 이야기를 이어갔다.

불길이 크게 오르자 시신의 팔다리가 휘어지고 비틀어지곤 했다. 몸통도 그랬다. 긴 작대기로 그걸 바로잡아 주었다. 시신에서 연기가 오르면서 본격적으로 타기 시작했다. 한참을 타고 또 탔다.

드디어 시신의 살덩이가 다 타고 굵은 뼈들도 스러졌다. 상좌는 타다 남은 잿더미 속에 남겨진 시신의 재를 긁어모았다. 잿더미 속에 그나마 시신의 자국이 그림자처럼 남아 있어서 그럴 수가 있었다. 그 재를 미리 준비되어 있던 주먹밥에 묻혀서 둘레에 뿌렸다. 그게 스승이 산짐승과 산새들을 위해서 하는 공양이라고 했다. 이 대목에서 스님은 강조하듯이 말했다.

"그 한 줌의 재, 그게 스승이 내게 준 마지막 설법(說法)이었어."

그러면서 주눅이 들어 있는 내 어깨를 달래듯이 가볍게 두들겨주었다. 그러고는 말을 맺었다.

"한 줄기의 연기, 한 줌의 재, 그것으로 인생은 끝난 거야."

나는 그때까지도 계속 피어오르고 있던 맞은편 먼 산언덕의 한 줄기 연기를 향해서 고개를 숙였다.

나의 광복

귀환 동포 마중

1945년 8월 15일! 우리들이 '해방 만세', '조선 독립 만세'라고 소리 지른 그 광복! 그 당시 한국인, 아니 '조선 사람'은 누구나 벅찬 감동으로 조국 해방을 겪었을 것이다.

감동의 크기, 환호의 크기야 누구에게나 비슷했을 테지만 그 속내는 사람마다 조금씩 달랐을 법도 하다. 어디서 무엇을 어떻게 겪었는가에 따라서 차이가 나기 때문이다.

내게는 그 기쁨, 그 보람을 특별난 것으로 기념하게 해준 엄청난 일이 주어졌다. 그것은 어쩌면 뼈저린 아픔과 가슴 미어지는 고통을 안겨준 일이기도 했지만, 바로 그 때문에 더한층 가슴 벅찬 일이었다. 고통스러운 만큼 감격스러운 일이었다.

그 당시 겨우 중학교 2학년이던 우리에게 막중한 임무가 주어졌다. 그것은 주로 일본에서 귀국하는 소위 '귀환 동포'를 마중하는 일이었다. 마중한다지만 귀환을 반기면서 태극기나 흔들어대는 것으로 끝나는 것은 아니었다.

일본 군국주의자들의 악랄하고도 흉악한 횡포에 시달릴 대로 시달린 그들이었다. 그들은 젊든 나이 들었든 간에, 일본 각지의 탄광을 비롯한 각종 광산에 강제 징용을 가서 중노동을 강요당했던 것이다. 죄수들처럼 구속당해서는 막노동을 해야 했다.

돌아오는 그들의 모습은 말이 아니었다. 처참했다. 걸인(乞人) 같은 행색은 그나마 나은 편이었다. 초라한 몰골에는 지침과 굶주림의 빛이 역력했다. 제대로 발을 옮겨놓지 못하는 사람도 적지 않았다. 병에 찌들대로 찌든 중환자도 끼어 있었다. 세기말의 참상을, 인류의 마지막 날을 보고 겪는 것 같았다.

우리들은 그들 중에서도 간신히 걸을 만한 사람을 부축해서 도와주었다. 환자는 아예 들것에 눕혀서 옮겨주기도 했다. 그것은 어린 우리들로서는 무척 힘겨운 중노동이었다. 병이 짙어서 금방이라도 변을 당할 것 같은 사람을 들것에 뉘면서 우리는 울기도 했다. 그의 참상이 너무나 마음 아팠던 것이다. 서러움에 북받치기도 했다.

거기다 우리들이 임무를 수행하고 있는 현장도 만만치 않았다. 부산의 제1부두가 우리의 작업장이었다. 그 당시 경부선 철도의 종착지는 부산의 제1부두였다. 네댓 곳에 흩어져 있던 부두 중에서는 시설이 가장 잘되어 있었다. 일제 강점기에 부산과 일본의 시모노세키(下關) 사이의 소위 '관부 연락선'이 오갔던 부산의 대표적인 부두다.

광복한 며칠 뒤부터 관부 연락선 한 척이 맡아 놓고 귀환 동포를 실어 와 이 부두에 하선시켰다. 한데 귀환 동포들은 부두의 2층을 이용하게 되어 있었다. 그들은 긴 2층 복도를 지나서 높다란 계단을 타고 아래로 내려와야 했다. 그런 다음 기다리고 있던 트럭이며 버스 또는 기차를 타고 각자 고향으로 가게 되어 있었다.

그런데 여기에 문제가 있었다. 지칠 대로 지쳐 있던 귀환 동포들로서는 평탄한 복도도 걷기 힘든 판에, 가파른 층계를 내려온다는 것은 대단히 힘겨운 일이었다. 그러니 우리 학생들의 소임이 여간 어려운 게 아니었다. 절룩대는 어른들을 우리의 어깨에 기대게 하고 계단을 하나하나 내려서야 했다. 운신을 제대로 못하는 환자는 들것에 실어 날라야 했다.

우리들의 임무는 벅찼다. 가짓수도 많았다. 우선 부두에서 꽤 먼 어느 초등학교에 가서 미리 마련해둔 주먹밥을 트럭으로 날라 와야 했다. 그것을 배에서 내리는 귀환 동포 한 사람 한 사람에게 고루 나누어 주었다. 물론 큰 물동이에 수돗물을 받아놓고 그들의 마른 목을 축여주기도 해야 했다.

우리가 내미는 주먹밥을 받아서 입에 넣기도 전에 눈물부터 흘리는 사람도 있었다.

"고맙소! 고맙소! 학생들!"

울먹이면서 주먹밥을 베어 무는 그들의 손이 떨리고 입이 떨렸다. 그들은 자신의 눈물을 고명 삼아 굶주린 배를 간신히 채워 나가는 것이었다. 우리 눈에도 눈물이 괴었다.

그들이 먹다 남긴 것으로 점심 끼니를 때우던 우리들은 8월 달 무더위 때문에 이마에서 줄줄 흐르는 땀으로 주먹밥을 적시곤 했다. 조금 전까지 귀환 동포 업어 내리랴, 부축해 내리랴 해서 온몸이 땀에 저려 있는 탓이기도 했다.

그러던 중에 충격적인 경험을 하게 되었다. 잘 걷지도 못하는 동포 한 사람을 부축해서 그의 겨드랑 아래로 내 어깨를 들이밀었다. 바로 그 순간, 어깨 살갗에 질척한 무엇인가가 엉겨 붙는 게 아닌가! 한여름이라 러닝셔츠만 입은 내 어깨의 살갗과 어깨를 벗어젖힌 귀환 동포의 맨살이 맞닿았던 것이다.

무엇인가 엉겨 붙는 게 언짢았다. 와락 어깨를 문질렀다. 피고름이었다. 손이 이내 누르스름하고도 불그죽죽하게 물들었다. 그의 가슴팍의 종기가 내 어깨에 밀려서 터진 모양이었다.

순간 나는 움찔했다. 하지만 어쩌랴. 이를 악물고 코를 감싸고는 그를 부축하는 내 어깨에 더한층 힘을 들여야 했다. 하필이면 그 피고름으로 인해 그와 나 사이에서 조국 광복은 엄청 절실해진 것이다. 그의 종기가 내 맨살을 누르고 드는 것이 그의 몸과 내 몸이 한 덩어리가 되게 했기 때문이다.

그 묘한 일체감에 젖어서 그를 부축해 계단 밑까지 내려오고도 나는 한동안 그의 겨드랑에서 어깨를 뺄 수가 없었다. 차마 그럴 수는 없었다.

물론 그가 어느 고장의 누구인지는 알 턱이 없었다. 그 첫 만남이 곧 마지막 만남이었다. 그게 우리들 인연의 전부였다. 하지만 그날 그 순간의 그의 피고름의 촉감은 지금도 내 어깨 살갗에 스며 있다.

일본 정부는 그 광부들을 지금도 학대하고 있다. 아직도 우리 광부들에게 지불하지 않고 있는 밀린 노임이 태산 같을 것이다. 지난날의 이른바 한일 협정을 핑계로 시치미를 떼고 있다. 그것을 생각하면 그날 그 피고름의 아픔이 되살아나 더한층 저주스럽다.

또 다른 나의 광복

　　　　　　　　일제에게서　조국이　해방되던,
8·15 광복! 그것은 바로 새로운 세계의 시작, 신천지의 시작이
었다. 문자 그대로 천지개벽이었다.

　　겪은 사연도 하고많고 당한 사건도 한둘이 아니다. 이제 와 새
삼스레 되돌아보는 것만으로도 그 눈길이 갈피를 잡지 못할 것
같다. 그런 중에도 정신 차리고 굳이 마음 가다듬어서 돌이켜보
게 되는 사건이며 일이 있기 마련이다.

　　8·15를 맞고 며칠이 지나지 않아 지금의 부산 국제시장 자리
에 묘한 장터가 생겼다. 바로 '소개' 터였다. 거기서 나는 조국 해

방의 보람을 내 나름으로 실컷 누리고 즐겼다. 그 현장은 나의 '해방 공간'이었다.

일제는 패전이 가까워지면서 부산 시내를 소개시켰다. 인구가 밀집된 시가지 일부를 철거해서 비워버리는 것을 '소카이(そかい)'라고 했다. 한자로는 '疏開'라고 쓰고, 우리말로는 '소개'라고 읽는 이 낱말은 빈터 또는 공터를 만들어낸다는 것을 의미한다.

당시 미국 공군의 공습으로 일본 본토는 쑥대밭이 되어가고 있었다. 그 여파가 한반도에 미치고 피해를 입게 될 것은 뻔한 일이었다. 그걸 피할 수 없을 것으로 예상한 부산시 당국은 그 당시 번화가였던 부평동 1가의 건물을 몽땅 철거해서 소개했다. 폭격을 당해서 화재가 일어났을 때 불길이 이웃으로 번지는 것을 차단하기 위해 취한 조처였다.

그 거대한 공터 일각에 해방을 맞자마자 얄궂은 장터가 생겼다. 글쎄, 장터라고 말하기가 좀 꺼려지기도 하지만 달리 이름을 붙이기도 어려울 것 같다.

소개 터의 빈 공간 여기저기에 경매장이 벌어졌다. 상품이라고는 몽땅 일본인들의 일용품, 잡화 그리고 옷가지 따위였다. 장사꾼들의 말로는 그 물건들은 일본인들에게서 압수한 것이었다.

그 사연을 알기 위해서는 설명이 좀 필요할 것 같다.

패전 후 한국에서 쫓겨나게 된 일본인들은 누구나 부산으로 모여들었다. 일본으로 가는 배를 타기 위해서였다. 당연히 짐 보따리를 이고, 들고, 또 지고 했다. 그렇게 패전민의 처참한 행렬은 한동안 계속되었다.

그런데 무슨 영문인지 몰라도 그들은 짐 보따리의 일부를 한국인들에게 압수당했다고 했다. 그게 법적으로 어떤 것인지는 몰라도 아무튼 압수당한 것만은 틀림없었던 모양이다.

해방하고 한동안 일본인들의 가옥을 적산(敵産), 곧 적의 자산이라 불렀는데 그걸 정부에서 압수해 민간에 불하(拂下)한 적이 있었다. 그것에 버금할 또 다른 적산이 고국으로 돌아가는 일본인들의 짐 보따리였을까? 이건 나로서는 알 길이 없다.

아무튼 일본인들의 짐 보따리가 소개 터에서 경매에 붙여졌다. 일본말로 '고리(こり)'라고 부르던 큰 짐짝을 풀어 보지도 않은 채였다. 경매꾼들이 서로 값을 불러대다가 최고로 비싼 값을 부른 사람에게 낙찰이 되면 거간꾼은 '돗타(とった, 땄다)!'라는 외침과 함께 고리를 낙찰자에게 넘겨주었다.

그러면 낙찰자는 그 당장 모여든 사람들에게 물건을 소맷값으로 팔았다. 그렇게 일본인들의 옷을 비롯해서 가재도구랑 그 밖의 잡화들이 팔려나간 것이다.

그 짐 꾸러미 속에는 지폐 뭉치가 들어 있기도 했다. 해방하고 한동안 조선은행권이 사용되었던 것을 생각하면 기가 찰 일이다. 푼돈으로 짐 꾸러미를 낙찰 받아서 큰 돈뭉치를 챙긴 사람은 모르긴 해도 조국 광복의 은덕을 크게 칭송했을 것 같다.

한데, 여기까지는 도입부에 불과하다. 본론은 이제부터다. 낙찰된 짐짝에서는 더러더러 책이 쏟아져 나왔다. 어떤 것은 책으로만 채워진 것도 있었다. 그 당시 얼마 동안이지만, 낙찰 받은 사람은 "에이, 재수 옴 올랐어!" 하고 투덜대면서 책들을 땅바닥에 내팽개치다시피 했다. 물론 거의 몽땅 일본말로 된 책이었다.

중학교 2학년이던 나로서는 그게 대단한 횡재였다. 노다지나 다를 것 없었다. 눈에 띄는 대로 참고서를 챙겼다. 문학책을 비롯한 인문 계통의 책들은 내 마음대로 내 차지가 되었다. 그것도 공짜로! 장사꾼들에게는 폐품인 것이 내게는 귀물이고 보물이었다. 버려진 것을 품에 끌어안고 집으로 모셔가곤 했다.

일제 말기의 태평양 전쟁이 한창이던 시절을 막 겪어내고 먹을 것, 입을 것 등등 소위 생활필수품도 귀했던 판에 책이라니!

그것은 얼토당토않은 사치였다.

그 시절에는 교과서마저도 학교에서 배급을 받았다. 어떤 과목은 아예 교과서가 배정되지 않기도 했다. 그런 터에 교과서 아닌 다른 일반 도서를 구해 본다는 것은 영영 불가능했다. 소설이나 시집이나 교양서적은 꿈에서나 읽으면 천운이었다.

사춘기 초기 꿈 많던 그 시절에 지적으로 또 정서적으로 완전히 흉년을 당하고, 정신적으로 또 영적으로 까칠하게 메말라 있던 시기에 책이 그냥 공짜로 펑펑 안겨지다니! 그것은 인생 대풍! 나의 인생에 정서적으로 또 정신적으로 엄청 큰 풍년이 든 것이었다.

그 책들 가운데는 일본문학이 가장 많았지만 세계문학이며 교양서적도 적잖이 포함되어 있었다. 내가 세계문학에 일찍이 가까워진 것은 순전히 그 덕을 보았기 때문이다.

이렇게 나는 남들이 쓰레기로 팽개친 것을 보물로 거두었다. 흔히 기적적으로 행운을 만나면 "쓰레기 더미에서 황금을 주웠다"라고들 말하지만, 나로서는 황금을 몇 조각 주운 정도가 아니었다. 내게는 쓰레기 더미가 황금 더미였던 것이다.

시일이 지나서 낙찰자들이 돈을 받고 책을 팔게 되기까지 내게 황금은 계속 굴러들었다. 나의 광복은 어린 내 인생의 황금기가 되었던 것이다.

지금도 내 서재의 한 귀퉁이를 차지하고 있는 그 오랜 황금 덩이들! 그 앞에서 이따금 나는 '조국 광복 만세!'라고 소리 없이 외치곤 한다.

2부

시대의 고비,
역사의 비탈에서

휩쓸고 넘나드는 것
그게 시대였을까?
흘러가는 것, 구비치는 것
그게 역사라는 걸까?

사람의 목숨 익히다가는 삭게 하는
그 소용돌이 속에
무슨 자국이 남기나 했을까?

추잉검과 한미 친선

일본 제국주의 식민지 신세를
겨우 벗어난 바로 그 순간에 하필이면 일본인들이 읽다 만 일본
어로 된 책들을 노다지로 얻어 챙기고는 희희낙락했다니, 그것
은 아무래도 '역사의 아이러니', 그나마 코믹한 아이러니가 아닐
수 없다. 그 순간 나는 난데없이 찰리 채플린 저리 가라 할 스타
코미디언이 된 셈이다. 하지만 귀환 동포 마중과 공짜로 얻어걸
린 일본 책 말고도 나의 광복에는 또 다른 이야기가 있다.

해방 후 이 땅에 미군이 주둔하게 되었다. 소위 미 군정이 시
행되었다. 그들은 우리에겐 해방의 전사(戰士)들이었다. 어쩌다

그들이 트럭을 타고 부산 시내를 지나갈 때면, 시민들은 손을 흔들고 환호했다.

우리 중학생들로서는 해방 직전까지만 해도 미국 군대는 '귀축(鬼畜) 미영(米英)'이라고 저주해야 했다. 일본인들은 미국을 '美國'이라고 쓰지 않았다. 적국의 이름에다 아름다울 미(美) 자를 붙일 턱이 없었다.

아무튼 '귀축 미영'이란 말은 도깨비 귀신에다 짐승만도 못한 게 미국이고 영국이란 뜻이다. 요컨대 미국과 영국은 악마의 집단이었던 셈이다.

그래서일까? 처음 미군을 보았을 때 꽤나 무서웠다. 엄청 큰 키가 위압적이었다. 그들 군복 차림이 중뿔나 보였다. 앞뒤가 뾰족한 그들의 군모(軍帽), 그 모자는 영락없는 도깨비 뿔로 보이기도 했다. 어떻게 보아도 우리에게 자유를 선물한 해방의 천사 같지는 않았다. 그들에게 가까이 가는 것이 꺼려지기도 했다.

그래서일까? 그들이 먼저 친근감을 나타내곤 했다. 특히 우리 소년 소녀들에게는 손을 흔들면서 환히 웃는 낯으로 반기고 들었다.

"헤이, 컴 온!"

그렇게 소리치곤 했다. 처음엔 무슨 말인지 못 알아들었다.
'컴 온'은커녕 '헤이!' 소리조차도 알아듣질 못했다.

주춤대는 우리에게 선물이 날아들었다.

"추잉검!"

그렇게 말하면서 뭔가를 던져주었지만 그게 뭔지 알아볼 턱이
없었다. 생전 처음 보는 것인 데다 '추잉검'이란 말도 못 알아들
었다.

일제 시대에 일본식으로 배운 영어로는 그들 미군 병사의 발
음을 도통 알아들을 수가 없었다.

"지스 이즈 아 보이."

"자트 이즈 아 가루."

그따위로 소리 내어 읽고는 '이건 소년이다', '저건 소녀다'라고 영어 선생은 풀이해주었다. 그런 일본식 영어가 귀에 익고 보니, 진짜 미국인의 영어는 무슨 개구리 울음 같았을 뿐이다.

아무튼 정체불명의 그 '추잉껌'이라는 걸 손에 받아들고는 만지작댈 뿐, 우리는 어쩔 줄 몰라했다. 그게 딱했던지 미국 병사는 우리에게 본을 보였다. 종이 껍질을 벗긴 알맹이를 입에 물고는 씹어댔다.

우리는 그의 흉내를 냈다. 생전 처음 씹어보는 추잉껌, 달콤새콤했다. 훗날 '껌'이라고 부르게 된 그 먹을거리는 그 당장으로서는 정말이지 이상했다. 씹히기만 할 뿐 조각이 나거나 가루가 나거나 하지 않는 채로 입안 또는 이에 달라붙기만 하는 게 요상했다.

"뭐 이따위가 다 있어? 미군들을 별걸 다 먹고 있네."

그렇게 투덜대면서 우리는 고개를 가로저었다.

"와트 이즈 디스?"

일본식 발음으로 우리는 묻지 않을 수가 없었다.

그 엉터리 영어가 그나마 통했던지 그 병사는 꾸역꾸역 씹기만 하는 것임을 입 동작으로 가르쳐주었다. 계속 씹어대기만 하는 걸로 그걸 눈치 채게 해주었다. 입으로 씹다가 목구멍으로 삼키는 시늉을 짓고서는 손을 가로저어 보이기도 했다. 고개도 설레설레 내저었다.

"무슨 놈의 먹을거리기에 삼키지도 못하다니, 그것도 먹을거리야?"

그렇게 반문하면서 여전히 뜨악해 있는 우리에게 그는 한술 더 떠서 가르침을 주었다.

추잉검을 몇 번 씹는가 싶더니 그걸 혀끝에 올려놓고 입 바깥으로 쑥 내밀어 보였다. 씹고는 내밀고, 내밀다 말고는 다시 또 씹어대는 그 묘한 입 동작을 두어 차례 되풀이해 보였다. 그러다가 혀끝에 동글동글 작은 풍선을 만들어 보이기도 했다. 참 신기했다. 완벽한 연기가 아닐 수 없었다.

그때서야 그 추잉검인지 뭔지 하는 것의 정체를 알아낼 수 있었다. 우리도 그 병사가 한 그대로 씹다 만 추잉검을 혀끝에 올리고 입 밖으로 내밀어 보였다.

  "굿!"

  그러면서 그는 미처 풍선을 만들어내지 못한 우리의 어깨를 두들겨주었다.

  그것은 나의 최초의 '한미 친선'이었다. 껌 씹기의 그 묘한 인연은 오늘날에도 미국을 생각할 적마다 내 머리에 떠오르곤 한다. 그 추억은 껌만큼 질기고 끈질기다.

  오랜 시간이 지난 후, 몇 차례 장기로 미국에 머물면서 엮게 된 두터운 인연도 추잉검 씹기의 연장이다시피 했다. 체류하는 동안 내가 즐겨 껌 아닌 추잉검을 씹어댄 것도 바로 그 때문이다.

장기판 뒤집어엎기

고등학교를 다닐 적에 누구나 그렇듯이 나도 동네 친구들과 여러 가지 놀이나 게임을 하며 어울렸다. 그중에서도 장기 두기가 큰 몫을 차지했다.

여름 방학을 맞아서는 시원한 해 질 녘이면 으레 장기판이 벌이지곤 했다. 마침 동네에 알맞은 장소가 있었다. 우리 집 바로 옆의 골목이었다. 제법 넓은 데다 사람들 왕래가 적은 한적한 곳이라서 쾌적했다. 골목 안으로 바람도 시원하게 불어오곤 했다.

집 벽을 따라서 그늘진 곳에 기다란 판자로 된 의자를 놓고 그 가운데에 장기판을 펼쳤다. 둘이 마주보고 앉으면 매양 결전이 벌어지곤 했다. 그 옆에 작은 의자를 놓고 모여 앉은 두셋은 이른 바, '훈수꾼'이었다. 우리들의 장기판에는 장기를 직접 두고 있는 두 사람에 더해서 이 훈수꾼들이 노상 가담했다.

훈수꾼을 뭐라고 해야 할까? 훈수는 한자로 '訓手'라고 쓰는데, '술수나 방법을 가르쳐준다'는 뜻이다. 순우리말로는 그걸 '똥기다'라고 한다. 장기를 직접 두고 있는 사람 옆에서 하는 '수 가르침'이 '똥김'이다. 장기판에서는 으레 '이 수, 저 수를 쓴다'고들 한다. '수를 둔다'고도 하는데, 그걸 옆에서 거들고 나서는 게 훈수고 똥기기다.

장기판에서는 훈수를 하는 패거리가 필수적이었다. 그래야만 장기판이 장기판다워지는 것이었다. 장기의 승부는 직접 장기 두는 사람과 옆의 훈수꾼으로 결판이 나기 일쑤였다.

하지만 그게 말썽을 일으키곤 했다. 훈수꾼은 으레 장기 승부에서 지고 있거나 밀리고 있는 쪽을 거들기 마련이었다.

"이 차를 왼쪽으로 옮기라고"

"포 장군 부르라고"

이런 식으로 지침을 일러주곤 했다. 그러다 못해 훈수꾼이 직접 장기짝을 옮겨다 놓기도 했다. 이기고 있는 쪽에서 가만있을 턱이 없다.

"훈수 그만두지 못해! 저리 비키라고!"

그러면 훈수꾼은 잠시 뜸해진다. 하지만 그것도 잠깐, 언제 또 참견하고 끼어들지 모른다.

"그래도 훈수야, 이 자식!"

주먹다짐이 벌어지기도 했다. 한데 이것도 멀쩡한 장기판의 재미였다. 장기판에서 뺄 수 없는 수의 하나고 정경의 하나였다.

장기판에는 훈수 말고 또 다른 말썽이 따랐다. 그건 물리기다. 한 수 두고는 "아차! 이게 아닌데" 하고는 취소하는 게 물림이다. 그렇게 하고는 다르게 수를 쓰는 것도 물린다고 했다.

"한 수 물리자고!"

"안 돼! 그냥 두어."

결국 옥신각신하면서 말썽을 빚게 되는데, 이것 역시 장기판에서 뺄 수 없는 장면의 하나다. 그걸 장기판에서 특별하게 지칭하는 말이 있었을 정도다.

"일수불퇴(一手不退)."

한 번 수를 두고 나면 물리지 못한다는 뜻이다. 그것은 장기라는 승부판의 중요한 작전 구호이기도 했다.

"장군이야!"

한쪽에서 이른바 '장군 부르기'를 한다. 다섯 가지의 장기짝 예컨대 차(車), 마(馬), 포(包), 상(象), 졸(卒) 또는 병(兵) 따위가 적진에 침입해서 총사령관 격인 장(將)을 노리고 덤비는 것이 장군 부르기다.

그것은 으레 소리를 치게 되어 있다. 으름장을 놓으며 크게 아우성치게 마련이다. 한데 상대방이 용케 그 위기를 면하면, 그걸 '멍군'이라고 했다. 그럴 땐 "장군이야!"라는 외침에 뒤지지 않을 만큼 크게 "멍군!" 하고 소리치게 마련이다. 위기일발의 순간을 용케 벗어났다는 것을 그렇게 아우성치는 것으로 나타내곤 했다.

해서 "장군 멍군"이라고 하면 승부를 걸고 옥신각신 겨루고 다투고 한다는 뜻이 되기도 한다. 그렇게 "장군! 멍군!" 소리가 크게 울리는 것으로 장기판의 재미며 기세는 돋우어지게 된다.

이렇게 훈수와 물리기, 그리고 이로 말미암은 시비에 더해서 "장군 멍군" 하는 소리치기, 이 세 가지가 장기판의 3대 재미다. 3대 멋이기도 하다.

또 다른 게 있다. 이것은 지고 있는 쪽에서 쓰는 술수고 짓거리다. 장기판의 전세가 불리해서 지기 십상이라고 생각되면 패전을 눈앞에 둔 쪽은 비상수단을 쓴다. 의자에 앉은 무릎 위에 장기판이 얹혀 있기 마련인 것을 이용하는 것이다.

마른기침을 하면서 무릎을 흔든다. 그러는 결에 장기판이 요동을 하고 장기짝이 흩어진다. 땅바닥에 굴러떨어지기도 한다. 결국 판이 깨진다. 이것은 일종의 교란 작전이다. 비겁하지만 멀쩡히 지는 것보다는 그래도 낫다고 생각하는 셈이다.

한데 또 다른 교란 작전이 있다. 그건 장기판 엎어치기다. 어느 한쪽의 패색이 짙다. 장군이 먹히고 질 게 뻔하다. 대세가 아무래도 불리하다. 그럴 때 지고 있는 쪽이 욕심을 부리고 한 수 물리자고 든다. 상대방은 안 된다고 막는다. 물리려 드는 손과 막는 손이 얽히면서 시비가 격해진다.

바로 그럴 때다. 지고 있는 쪽에서 마침내 깽판을 놓는다.

"이럴 바에 그만두자고!"

와락! 장기판을 뒤집어엎는다. 장기짝이 굴러떨어진다. 판은 깨지고 만다. 이 깽판 놓기도 장기판의 재미였다고 하면 억지고 떼쓰기라고 할까?

태평스러운 나의 6·25

1950년 6월 25일, 그 민족적인
일대 비극의 날 아침까지는, 아니 오전 내내 아무 기적도 없었다.
여느 일요일과 마찬가지로 한가한 태평성대였다.

늦잠을 자고 늦은 아침을 먹고는 영화 구경을 갔다. 대학에 입
학하면서 갓 시작한 서울살이라서 영화관 찾아가기도 쉽지 않았
다. 하숙집이 있던 성북동에서 전차를 타고 시내로 나갔다. 중부
경찰서가 있는 언저리를 여기저기 헤매다가 간신히 영화관 하나
를 발견했다. 무턱대고 들어갔다. 서울 와서 처음 하는 영화 감상
이라 감격스러웠던지 이내 작품에 푹 빠져들었다.

얼마나 지났을까? 한창 영화 줄거리에 빠져 넋을 잃고 있는데, 난데없이 영화가 중단되었다. 장내에 방송이 흘렀다. 38선에 분쟁(紛爭)이 생겨서 문제가 커졌으니, 다들 빨리 집으로 돌아가라는 것이었다.

영화관을 나서는데 맞은편 중부 경찰서의 옥상에서 으리으리하게 차려진 기관총이 우리를 노려보고 있었다. 순간 오싹 소름이 끼치고 무엇인가 예감이 이상했다.

전차를 타고 창경원 앞을 지나가는데 병사들이 탄 트럭 몇 대가 앞질러 달려가는 게 보였다. 길거리에 서 있다가 지나가는 군용 트럭에 황망하게 올라타는 병사도 있었다. 그들은 38선으로 서둘러 가고 있는 것으로 보였다. 뭔가 다급해 보였다. 예사로운 일은 아닌 것 같았다.

나는 그때를 생각할 적마다 6·25 전쟁을 남한이 일으켰다는 터무니없는 일부의 주장에 침을 뱉고 싶어진다. 전쟁을 먼저 일으킨 쪽에서 일요일이라고 병사들을 휴가 내보내다니, 그건 말도 안 되기 때문이다.

"아! 또 분쟁인가?"

전차에 탄 손님 가운데 누군가가 그렇게 중얼댔다.

창경원을 지나서 성북동 고개를 넘자, 한 번도 본 적이 없는 낯선 비행기가 날고 있는 게 눈에 들어왔다. 원을 그리면서 저공비행을 하고 있는 모양이 무서워 보였다. 순간적으로 북한의 전투기란 생각이 들었지만 확인할 길은 없었다.

하지만 그뿐이었다. 그 전에도 38선에서 작은 규모의 분쟁이 더러더러 일어났다가는 이내 가라앉곤 했기에 이번에도 그저 그러려니 했을 뿐이다.

전차가 성북동에 닿았을 때, 정거장 일대며 거리는 평상시와 다를 것이 하나도 없었다. 그때까지도 그저 한가한 일요일이었을 뿐이다. 저녁을 먹고 편히 잠도 잤다.

한데 그다음 날 아침, 밥상을 앞에 놓고 하숙집 주인이 다급하게 말을 꺼냈다. 하숙집 주인은 마침 나의 숙부의 대학 동창생이었다.

"아무래도 수상해! 전쟁이 커지는 것 같아. 뒷집 중앙청 공무원 가족이 급히 짐을 싸서 시골로 간다고 떠났어. 우리도 떠나야 할 것이야. 우선 자네가 우리 식구 데리고 부산으로 가게나. 아니 그래야 할 것이야."

우리는 부리나케 짐을 챙겨서 서울역으로 향했다. 전차 정거장 가는 길에서 같은 대학에 입학한 고등학교 동창을 만났다. 그는 여느 월요일과 마찬가지로 학교로 가는 길이라고 했다. 나는 다짜고짜 그를 잡아끌었다.

"빨리 짐 꾸려서 서울을 떠나야 돼. 전쟁이 커질 모양이야!"

그러고는 아이를 업은 하숙집 아주머니의 앞장을 섰다. 간신히 서울역에 도착하니, 마침 부산으로 떠나는 기차가 있었다. 무조건 표를 끊어 올라탔다. 나중에 안 것이지만 우리가 탄 기차가 마지막 급행이었다. 그 기차를 놓쳤더라면 어떻게 되었을까? 지금 생각해도 끔찍하다. 우리도 피란민 행렬에 섞여서 부산까지 걷고 또 걸어서 가야 했을 게 뻔하다.

객차 안은 붐비지 않았다. 자리도 쉽게 잡을 수 있었다. 그저 평상시 여객 열차 안의 정경과 조금도 다를 것 없었다. 38선의 분쟁은 머나먼 남의 나라 일에 지나지 않았다.

그런데 기차가 미처 용산역에 닿기도 전에 좀 이상한 일이 생겼다. 내 앞자리에 앉아 꾸벅꾸벅 졸던 대학생처럼 보이는 여성이 내 무릎에 털썩 고개를 박는 게 아닌가? 나는 당황했지만 그녀는 이내 잠에 곯아떨어졌다. 그런 상태로 기차가 수원역에 닿자 그녀는 잠에서 깼다. "수원! 수원! 여기는 수원입니다"라는 안내 방송이 들려왔던 것이다.

내 무릎에서 고개를 든 그녀가 멋쩍어하면서 말했다.

"아버지께서 갑자기 숨지셨다는 전보를 어젯밤 늦게 받고는 간밤에 한잠도 못 잤습니다."

나는 그녀의 짐을 받아 들고 객차의 문간까지 바래다주었다. 그것으로 그녀를 문상(問喪)하는 셈 쳤다.

기차는 초저녁에야 무사히 부산에 닿았다. 마침 검문 나와 있던 헌병이 나를 보고 수상하다고 했다. 어떻게 해서 38선 분쟁이 심해진 것을 미리 알고 이렇게 피란 왔느냐고 따지고 들었다. 간첩 아니냐는 막말까지 해댔다. 학생증을 보이고 겨우 풀려나서 집으로 돌아갈 수 있었다. 가족들은 모두 놀라서 나를 맞이했다.

'용케 피해 왔구나!' 모두 그런 생각이었다.

이상이 나의 6·25 경험이다. 첫째, 6·25 그날엔 영화를 보았다. 둘째, 다음 날 일찍 경부선 기차를 타고 탈 없이 귀향했다. 셋째, 기차 속에서 아버지 상을 당한 여학생과 묘한 인연을 만들었다. 넷째, 부산에 닿아서 헌병의 검문을 받았으나 의심 받지 않고 풀려났다.

이 네 가지 일화 어디를 짚어보아도 전쟁의 기미는 티끌만큼도 없다. 그저 여느 대학생이 우연하게 서울을 떠나서 부산의 집으로 기차를 타고 돌아온 이야기에 불과하다. 그 이외는 아무것도 없다.

그게 위기일발의 탈출이었다는 것은 부산 도착한 그다음 날에야 겨우 알게 되었다. 그 네 가지 일이 한강 철교 폭파를 전후해 일어난 것은 무슨 역사의 장난일까? 아무튼 나의 6·25는 태평스러웠다. 보통 대학생의 평소 귀향길과 조금도 다를 바 없이 지극히 태평스러운 것이었다.

훗날 그 민족의 일대 비극을 생각할 적마다 나의 무사태평한 귀향길이 참으로 아이러니하게 여겨진다.

내 생애 최초의 공연

　　　　　　　그러니까 60년도 더 지난 옛날의
이야기, 까마득한 날의 사건이다. 초등학교 4학년 때의 일이다.
내 인생의 역사로는 유사(有史) 이전의 사건과 다를 바 없을 것
같다.

　가을 들어 소위 '학예회(學藝會)'라는 것이 열리게 되었다. 여
기서 '학예'란 초등학생들의 '쇼 비즈니스' 같은 것으로 강당의
무대 위에서 드라마를 펼치고 노래를 부르고 하는 것이었다. 그
것은 꼬맹이들의 신나는 놀이판이기도 했다.

　우리 반에서는 내게 역할이 주어졌다. 일약 스타가 된 것이다.

연극 대본이 주어졌다. 내가 주연이고 두 사람의 조연이 나를 보필(?)하게 되어 있었다. 무대는 절이었다. 나이 많은 주지 스님과 동자승이 등장하는데 나는 동자승 중 한 명을 맡았다.

내가 맡은 동자승은 약삭빠른 꾀돌이 꼬마 중이었다. 평소에는 동자승으로서 스님을 깍듯이 모셔 받드는 착한 꼬마지만, 틈만 나면 스님 몰래 장난치고 노닥거리다가 들켜서 혼찌검을 당하곤 하는 역할이었다. 두 얼굴의 악동, 이중인격자였던 셈이다. 순한 데가 적은 데다 짓궂기까지 한데도 겉으로는 고분고분했다. 그러나 그게 드라마의 재미를 빚어냈다.

한편 내 동료인 다른 동자승은 어리석도록 착하고 순하기만 했다. 그래서 늘 나의 놀림감이 되곤 했다. 그는 내가 시킨 대로만 따라 했다.

그러던 중에도 나는 스님이 혼자서만 꿀을 먹어대는 것이 영 못마땅했다. 벌은 우리 동자승 둘이 키워서 벌꿀을 따기도 한 것인데도, 웬걸 악바리 주지 스님은 우리를 꿀통 근처에도 못 가게 했다.

"이건 말이야. 어른들에게는 약이지만 꼬마들에겐 독이야!"

꿀통을 가리키면서 그렇게 우리를 속이려 들었다. 그럴 적마다 나는 돌아서서 헛기침을 토하곤 했다.

하늘이, 아니 부처님이 도운 걸까? 기회가 왔다. 스님이 모처럼 먼 곳으로 바깥나들이를 하게 된 것이다. 스님은 떠나기 전 우리를 불러다 앉히고 늘 하던 말을 또다시 되풀이했다.

"그 독을 먹어선 안 돼! 큰일 나!"

그 순간 나는 고개를 깊이 숙이면서 혀를 날름댔다.

스님을 배웅하고 돌아온 우리는 스님이 숨기고 간 꿀통을 찾아냈다. 먹자고 드는데 동료 동자승이 안 된다고 했다.

"먹고서 꿀이 준 것을 스님이 보면 우리 혼난단 말이야!"

나는 다 수가 있으니 걱정 말라고 했다. 다만 평소 스님이 아끼던 꽃병을 부셔버리라고 했다. 마루 끝 섬돌 위에 그 깨진 꽃병을 여봐란듯이 차려놓았다. 그러곤 마구 꿀을 먹어댔다. 처음엔 멈칫대던 친구 녀석도 허겁지겁 먹어댔다. 우리는 뺨과 턱에 꿀

칠을 해가면서 맛나게 신나게 먹어댔다. 빨리 먹기, 많이 먹기 내기라도 하듯이 핥아댔다. 다 먹고는 텅텅 빈 꿀통을 일부러 옆에 두고 길게 누웠다. 실컷 만나게 먹고는 꿀에 취한 탓일까? 우리 두 녀석은 이내 낮잠에 빠져들었다.

공교롭게 그때 스님이 돌아왔다. 스님은 우리를 깨우고는 빈 꿀통을 가리키면서 노발대발했다.

"녀석들 그렇게 일렀는데도 이 꿀을 아니, 독을 먹어치우다니 그것도 한 방울도 남기지 않고서!"

두 발로 마루를 구르면서 거짓말쟁이는 야단을 쳐댔다. 악을 썼다. 나는 부스스 눈을 비비면서 시치미 뚝 떼고 사연을 털어놓았다.

"스님이 가시고 난 뒤에 청소를 하다가 실수로 그만 꽃병을 깨 뜨렸습니다. 스님께서 그토록 귀하게 아끼시던 보물을 박살냈지 뭡니까? 그래서 우리는 죽기로 마음먹고 저 독을 먹게 된 것입니다."

순간 강당을 메운 관중이 모두 "와!" 하며 박장대소했다. 머리를 마룻바닥에 처박은 채 웅크린 스님을 뒤로하고 동자승 둘은 펄떡 일어나서 큰절로 관중의 환호에 응답했다. 그래서 박수 또 박수!

이것이 나의 첫 무대였다. 당당히 스타덤에 올라선 것이다. 그 작품이 하필이면 '진지한 코미디'였다는 것에 지금으로서는 큰 의미를 두고 싶다. 누군가의 부정이며 악덕에 대해 풍자 가득 난도질을 하되, 익살이 넘치도록 해대는 것이 이른바 '진지한 코미디'의 본령이란 것을 모르는 사람은 없을 것이다.

철도 들기 전인 어리디어린 꼬맹이로 그와 같은 코미디의 진수를 연출해낼 수 있었다는 것이 내게는 보람이면서도 동시에 마음의 큰 부담이 된 게 사실이었다.

세상의 궂은 꼴, 흉한 꼴 대하기를 그렇게 하라는 가르침으로 나의 첫 공연은 지금도 가슴에 사무쳐 있다.

그래 내 스커트 벗어서 보여주마

글 제목이 좀 묘한 것 같다. 여성이 스커트를 벗다니! 그것도 남들 보는 앞에서! 난데없이 누드 쇼라도 벌이자는 걸까? 아니면 정신이 나간 여인네가 남 보기 민망한 짓거리를 하자고 날뛰고 있는 걸까? 아리송하다. 아니 흉측하고 망측하다. 한데 이것도 저것도 아니다. 아주 진지한 어느 현장에서 한 여성이 남들 들으라고 소리쳐서 내뱉은 말이다.

그 여성이 초등학교 교사고 상대는 학생들이었다면 아무도 믿으려 들 것 같지 않다. 그것도 중년을 넘긴 여선생이 잘못을 저지른 학생을 야단치고 타이르는 현장, 정식으로 교육적이어야 할

현장에서 그랬다면 누구라도 믿기 힘들 것이다.

하지만 이건 정말이다. 진짜다. 내가 초등학교 6학년 때 실제로 당한 일이다. 그것도 멀쩡한 대낮에 학교 운동장에서 겪은 일이다. 어릴 적 꼬맹이로 겪은 일, 60년도 더 지난 까마득한 옛적 일이지만 지금도 눈에 선하고 귀에 쟁쟁한, 멀쩡한 사건이다.

하지만 이렇게 말하는 것만으로는 누구나 여전히 믿을 것 같지 않다. 여선생이 스커트를 벗어서 맨살 엉덩이를 남학생들에게 보여주겠다고 소리쳤다고 하면 아무도 믿으려 들지 않을 것이다.

그 당시 내가 다니던 학교는 '부산 공립 부민국민학교'라고 했다. 부산의 서부 지역을 대표하는 남부러울 것 없는 당당한 학교였다. 그런데 어느 날 난데없이 거짓말 같은 일, 누구나 질겁할 일, 뜻밖의 일이 벌어졌다. 그야말로 마른하늘의 날벼락이었다.

여학생 반의 담임인 일본인 여선생이 남학생반의 우리들을 방과 후에 느닷없이 운동장으로 불러냈다. 우리는 비상소집을 당했다.

중늙은이인 여선생은 눈초리를 치켜세우면서 노발대발했다. 호되게 윽대기는 통에 우리는 영문도 모르는 채 모두 겁에 질려

서 어쩔 줄 몰라했다. 여선생은 아까부터 우리 앞에 죽는시늉을
하고 서 있던 우리 반 아이 하나를 윽박질러서는 꿇어앉게 했다.

"이 녀석 범인이야. 나머지 너희 놈들은 공범이고!"

그렇게 소리소리 질러댔다. 우리는 모두 어리둥절했다. 저 녀
석이 범인이란 것은 뭐며 우리가 공범이란 건 또 뭔가? 영문을
알 수가 없었다. 너무나 등신같았다.

"내가 곡절을 일러줄게, 잘 봐!"

꿇어앉은 녀석의 머리를 쥐어박으면서 여선생은 앙칼지게 입
을 열었다.

"이 못된 녀석이 말이야, 여학생들 변소엘 남몰래 숨어들어 갔
어. 천장 밑의 도리를 타고 여학생들 소변보는 모양을 내려다봤단
말이야. 흉측한 녀석!"

그러면서 여선생은 무서운 말투로 악마와도 같은 소리를 질렀다.

"빨강 망토 입혀주랴, 파랑 망토 입혀주랴? 그 왜 너희들 다 알지 않아. 빨강을 택한 사람은 빨갛게 타서 죽게 하고 파랑을 고르면 파랗게 얼어 죽게 한다는 그 귀신의 소리를 이 고약한 녀석이 낸 거지.

여학생들은 겁에 질려서 미처 소변을 누기도 전에 변소 칸에서 도망쳐 나왔지 뭐냐. 정말 나쁜 자식이야!"

그러면서 다시 한 번 더 그 가짜 귀신의 머리통을 호되게 쥐어박았다. 그때서야 우리 공범 아닌 공범들은 겨우 영문을 알게 되었다.

여전히 노기 충천한 여선생이 이야기를 계속했다.

"그런데 이 고약한 녀석이 그 짓을 한 데는 다르게 노리는 바가 있었어. 그게 뭔지 알겠나? 이놈들아!"

우리가 그걸 알 턱이 없었다. 모두 거듭 어리둥절했다.

"그건 말이야, 딴 게 아니야. 이 녀석이 그런 귀신 흉내를 내면서 사실은 여학생들의 맨살 엉덩이가 보고 싶었던 거야. 음흉한 자식!"

그러면서 다시 한 번 더 그 가짜 귀신의 머리를 쥐어박고는 고함을 쳤다.

"나머지 너희 놈들도 다를 것 없어. 여자들의 맨살 엉덩이가 보고 싶겠지. 안 그러냐?"

그때서야 우리 모두가 터무니없이 공범으로 몰린 까닭을 겨우 알아차렸다.

"보고 싶은 놈 손들어. 내가 내 엉덩이 보여줄 테니."

그러면서 여선생은 스커트 자락을 훌쩍 걷어 올리는 게 아닌가! 허벅지 속살이 허옇게 드러나 보였다. 우리는 눈을 돌렸다.
그건 예상도, 상상도 못한 일이었다. 명색이 여선생인데 남학생들 앞에서 그게 뭣 하는 짓거리람?

"돌았어!"

나는 소리를 낮추어서 중얼댔다.

"그래 정말이야, 미쳤어!"

옆에서 친구가 나직하게 맞장구를 쳤다. 우리 둘은 얼굴을 마주 보면서 "쉿!" 집게손가락을 입에다 댔다.

이야기를 길게 풀어놓았지만, 독자들이 믿어줄 것 같지 않다. 황당무계(荒唐無稽)한 헛소리로 치부할 것 같다. 하지만 이건 한 치의 거짓도 과장도 없는 사실이고 진실이다.

한데 그 미완의 누드쇼는 반세기가 더 지난 지금에도 아쉽다.

바다에서(1)

첫 다이빙

역사는 첫 페이지가 전부다. 무슨 일에서나 처음은 단서가 되고 동기가 되면서 일의 진행에 결정적인 영향을 미치게 된다. 역사에서는 알파가 곧 오메가다.

그러기에 시작은 열쇠다.

처음이란 것은 무슨 일에서나 그렇다. 첫사랑은 영원한 사랑이다. 첫마디는 결론을 예비한다. 첫걸음은 그 뒤의 모든 행적을 진작 가늠하게 만든다.

처음은 무엇이나 그런 것이다. 작은 일이냐, 큰일이냐를 따져서 구별할 것이 없다. 크고 작은 모든 일에서 최초는 미리 전부를 내다보게 한다.

그리고 첫사랑이 영원하듯이 무엇이든 처음은, 처음 해본 일은 오래도록 기억에 사무치게 된다. 그래서 누구나, 무엇이든 간에, 처음 해본 일은 영원한 기념비가 될 수 있다. 두고두고 새기고 또 되새기게 될 것이다. 어느 것이나 첫 경험은 영원한 경험이 된다.

나에게 첫 다이빙이란 그래서 여간 소중한 게 아니다. 수영 선수들이 높은 곳에서 물속으로 '풍덩!' 몸을 던지는 것을 다이빙이라고 한다. 영어로 다이브(dive)라고 하면 '뛰어들다', '잠수(潛水)하다'의 의미인데, 비행기가 공중을 날다가 아래를 향해 급강하한다는 의미도 있다. 물론 하늘 높이 선회하던 제비가 파도를 향해서 내리꽂히다시피 나는 것도 역시 다이브다.

내가 중학교를 다닐 적에 여름이면 거의 하루도 빼놓지 않고 부산의 송도 해수욕장에서 수영을 즐기곤 했다. 그뿐만 아니다. 여름 방학을 앞둔 시기면 방과 후에 으레 학교 뒷산의 큰 저수지에 가서 수영을 하곤 했다.

그렇게 수영을 즐기면서 물에서 살다 보니 별명이 생겼다. 일본말이 되어서 안 됐지만, 친구들은 나를 '갓바(かっぱ)'라고 불

렀다. 한자로는 하동(河童)이라고 쓰는, 이 인간 모습을 갖춘 괴물은 이를테면 '물귀신'이다. 물에 사는 꼬마 물귀신인 셈이다.

나는 그 별명이 자랑스러웠다. 그래서 친구들 앞에서 더러더러 '갓바' 흉내를 내곤 했다. 그건 여간한 자긍심의 표현이 아니었다.

여름 방학 내내 송도의 해수욕장에서 붙박이로 살다시피 한 것은 지극히 당연했다. 물론 수영을 곧잘 했다. 평영, 배영, 크롤 등등의 영법(泳法)을 능숙하게 해냈다. 2~3킬로미터에 걸쳐서 파도를 가르면서 헤엄치는 원영(遠泳)도 예사로 했다. 원영은 이를테면 수영 마라톤이다. 그러니 나는 그야말로 '갓바'였던 셈이다. 드넓은 송도 바다는 우리 집 안뜰보다 더 편한 공간이었다.

그런데 한 가지, 마음대로 되지 않는 게 있었다. 그게 바로 다이빙이었다.

해수욕장에는 '다이빙 보드'가 있었다. 2층으로 되어 있었는데, 아래층에서 다이빙하는 것쯤이야 그야말로 누워서 떡 먹기였다. 언제든 개구리 못지않게 날렵하게 파도 속으로 뛰어들곤 했다.

앞으로 쑥 뻗은 두 팔 끝과 머리가 거의 같은 순간에 첨벙 하고 물에 잠기는 그 상쾌함이라니! 그러다가 반사적으로 파도 위로 몸이 솟구쳐 오르는 그 찰나의 쾌감 또한 대단한 것이었다. 묵은 껍질을 벗고 새 껍질을 얻어서 재생하는 매미의 허물벗기가 이럴까 싶기도 했었다.

한데 위층이 문제였다. 꽤나 높았다. 감히 거기서 다이빙을 해보려고 보드 끝에 버티고 서긴 했지만, 다리가 떨려서 매번 포기했다. 보드 바닥에서 물 바닥까지의 높이가 사뭇 아스라했기 때문이다. 정말이지, 내려다보는 눈길이 가물가물하기도 했다.

그래도 몇 차례 시도해보았다. 하지만 소용없었다. 다리를 떨다 말고 우줄우줄 아래층으로 계단을 밟고 내려서던 그때의 심정은 너무나 참혹했다. 누가 보았을까 봐 기가 질렸다. 영락없이 패잔병 같은 꼬락서니였다.

그러던 중에 더 비참한 신세가 되었다. 그날도 어느 날처럼 일단은 위층으로 올라갔다. 웬 젊은 청년과 내 나이 또래의 여학생이 그곳에 나란히 서 있었다.

여학생이 보드를 휘청휘청 밟고 끝으로 나아갔다. 무릎을 살짝 굽히고 두 팔을 앞으로 쑥 내밀더니, 풍덩 하고 바닷속으로 뛰어들었다.

그야말로 물 찬 제비 같았다. 날렵하고 상쾌하기가 거짓말 같았다. 여학생은 이내 바다 위로 솟구치더니 크롤 영법으로 마치 50미터 경영(競泳)이라도 하듯이 물살을 가르며 헤엄쳐 나가는 게 아닌가!

영락없는 인어(人魚)였다. 이 못난이는 그걸 넋을 잃고 바라보았다. 스스로가 부끄러웠다. 억울했다.

'난 뭐야? 무슨 꼴이야?'

가슴을 치고 싶었다. 한숨을 토했다. 그걸 눈치 챘는지, 청년이 내게 말을 걸어왔다.

"너도 저러고 싶은 모양이구나, 저 아인 내 동생이야."

그러면서 이제 시키는 대로 하라고 했다.

"보드 끝에 나가서 서. 그리고 두 손을 앞으로 내밀어. 아래를 내려다보지 말고 앞만 보아. 곧바로 먼 앞만 보란 말이야."

시키는 대로 한 나에게 그가 물었다.

"어때? 저 멀리 수평선 높이와 네 눈높이가 다른가?"

"아니요, 같은데요."

"같지. 한데 뭘 겁을 내. 마음 놓고 뛰어들어!"

그 순간 나는 몸을 날렸다. 나의 최초의 다이빙다운 다이빙은 그래서 찬란했다. 그것은 무엇이든 마음먹기 나름이란 가르침으로 반세기도 더 지난 오늘날까지 내 머리에 간직되어 있다. 그것은 내 나름의 유심론(唯心論), 이를테면 세상만사 마음에 달려 있다는 가르침이 되어 있다.

바다에서(2)

친구를 살려내고

송도 해수욕장은 나의 둘도 없는 놀이터였다. 물속으로 잠수를 해서 해초 사이를 헤치고 다니며 물고기 무리와 술래잡기를 하는 것은 여간 신나는 게 아니었다. 물안경 너머로 큰 물고기가 유유히 헤엄치는 것을 살펴보곤 했는데, 그것은 신비롭기조차 했다. 한참을 지켜보고 있노라면 내게도 지느러미가 돋아서 그 물고기처럼 헤엄칠 수 있을 것 같은 아름다운 환상에 젖기도 했다.

다이빙에도 곧잘 마음을 뺏기곤 했다. 다이빙 보드에서 파도 속으로 뛰어드는 그 쾌감은 마치 내가 한 마리 커다란 날치가 된 것 같은 느낌에 젖어들게 했다. 날치가 나는 물고기 비어(飛魚)라면, 다이빙할 적마다 나도 비어로 둔갑하곤 했다.

하지만 여름 바다에서 누리는 또 다른 커다란 즐거움이 있었다. 그것은 먼 거리를 계속 헤엄쳐 나가는 원영(遠泳)이었다. 물론 고통스럽기도 했다. 하지만 그걸 참아내고 엄청 먼 거리를 헤엄쳐 나가는 내가 스스로 대견하고 또 기특해서 원영에 빠져들곤 했다.

송도 해수욕장의 서쪽 모래사장 끝에는 작은 반도인 곶이 뻗어 있었다. 바닷가에서 그 곶의 끝머리까지는 왕복으로 줄잡아도 십 리는 되는 거리였다.

나는 바다를 향해 불쑥 내민 곶의 끝머리까지 헤엄쳐 오고 가는 것을 이따금씩 상상했다. 그러던 어느 날, 나보다 나이가 두 살 위인 이웃집 형과 함께 바로 그 원영을 시도했다.

우리들은 단단히 마음을 먹고 바다로 뛰어들었다. 그 형이 앞서고 내가 뒤로 처져서 헤엄쳐 나갔다. 하지만 워낙 먼 물길이라서 쉽지는 않았다. 중간 중간 숨을 돌리면서 쉬어야 했다. 그렇다고 몸을 기댈 것은 바닷속에 아무것도 없었다. 붙들고 늘어질 바위너설도 없었다. 그저 파도에 몸을 맡기고 거꾸로 길게 눕는 게 고작이었다.

몸이 둥실둥실 떴다. 파도에 따라 몸이 흔들릴 적마다 하늘도 덩달아서 요동쳤다. 귓전을 스치는 파도 소리는 기관총 쏘아대는 것 같은 울림을 일으켰다. 그래서 드러누워 파도에 몸을 맡기고 휴식을 취하는 게 재미있었다.

그렇게 쉬며 헤엄치며 곶의 끝머리를 향해서 우리는 계속 헤엄쳐대고 있었다. 앞서 가는 형의 발끝에서 흰 물거품이 이는 것도 볼만했다.

난류와 한류가 만나는 탓일까? 해류에 따라서 수온이 변하면 온몸에 소름이 끼치는 것도 재미라면 재미였다. 따뜻한 물이 문득 차가워지면 살갗이 오싹했다. 거꾸로 찬 데서 따듯한 데로 나서면 피곤이 풀리는 것 같기도 했다.

우리 두 마리의 인간 돌고래는 그렇게 원영을 계속했다. 목적지까지 헤엄쳐서 거의 절반쯤 갔을 때였다. 앞서 가던 형이 갑자기 허우적거리기 시작했다. 금방이라도 큰 변이 날 것같이 허우적댔다. 몸이 물 밑으로 가라앉으면서 두 팔로는 수면을 휘저어댔다. 발악을 치는 것 같았다. 머리가 물에 잠겼다가 솟아오르고 다시 잠겼다가 솟아오르곤 했다. 휘저어대는 손길 따라서 물보라가 일었다.

나는 아차 했다. '쥐가 났구나! 사지에 마비가 일어난 것이리라!' 순간 그런 생각이 들었다. 그냥 두면 형의 목숨을 보장하기가 어려워 보였다.

나는 속도를 올려서 형에게 다가갔다. 그러다 그의 손길이 미칠 만한 곳에서 나도 모르게 멈췄다. 그의 허우적대는 손길에 내가 휘감길 것 같았기 때문이었을까?

한데 그 경황 중에도 다급하게 떠오르는 생각이 있었다.

"쥐가 나서 허우적대는 사람을 구한답시고 그에게 바싹 다가가지 말라!"

어디에선가 읽은 이런 교훈 덕에 나는 차근차근 그의 주변을 맴돌면서 소리를 질러댔다.

"정신 차리고 다리 주물러!"

몇 번을 그렇게 아우성쳤다. 그것은 내게도 외치는 소리였다.

그보다는 우선 내가 정신을 차려야 했던 것이다.

내 외침을 알아들은 그가 숨을 크게 들이쉬더니 옆으로 몸을 뉘었다. 그러고는 웅크린 무릎 아래, 종아리를 두 팔로 주무르기 시작했다. 차츰 허우적거림이 누그러졌다. 다소 안정을 되찾은 것 같아 보였다.

그때서야 나는 그에게 바싹 다가갔다. 그의 다리를 나도 주물러주었다. 한참 만에 그가 사지를 편하게 펴고 파도를 등지고 누웠다.

"살았구나! 이제 됐어."

나는 그에게 가까이에 있는 물가로 나가자고 했다. 겨우 헤엄치는 시늉을 짓는 그의 겨드랑이 밑을 내 어깨로 받치고 헤엄을 계속했다. 반은 서서 헤엄치는 꼴이었다.

몹시 힘들었다. 한바탕 아우성을 친 끝이어서 그렇지 않아도 잔뜩 지쳐 있는 몸이라, 그를 떠받들면서 헤엄을 친다는 것은 여간 어려운 일이 아니었다. 나는 기를 썼다.

얼마 동안 그렇게 사투를 벌였을까? 한참 만에 물가에 닿은 우리는 모래 바닥에 사지를 뻗고 죽은 듯이 몸을 뉘었다. 그야말로 구사일생이었다.

그것은 다급할수록, 위급할수록 차근차근 대처하라는 가르침이 되어서 오늘날에도 여전히 가슴에 아로새겨져 있다. 아니 파도치고 있다.

바다에서(3)
남의 씨종자 말려놓고는

경남 고성군 하일면 송천리. 40
여 년의 서울살이를 문득 접고 이 고장으로 삶의 터전을 옮기면
서 집 가까이에 조그만 땅을 샀다.

낮은 산언덕인데 바다와 접하고 있었다. 자란만(紫蘭灣)이 환
히 내다보이는 그 전망이 여간 마음에 드는 게 아니었다. 산을 등
지고 바다를 내다보는 곳이면 어디든 마음의 둥지를 틀 수 있는
게 아니던가!

언덕으로 굽어진 오솔길을 내려서면 바로 바다였다. 크고 작
은 여러 섬이 바라다보이는 다도해였다. 옹기종기 모여 앉은 섬

들은 파도에 설레면서 무슨 동화라도 들려주는 것 같아 보였다. 제법 널따란 모래사장도 펼쳐져 있는 게 썩 마음에 들었다.

사람이라곤 그림자 하나 보이지 않는 한적한 물가에는 이따금 산에서 내려온 오소리나 너구리 등속의 산짐승이 유유히 거닐곤 했다. 그럴 때면 혹 그들에게 겁을 줄지도 몰라서 내 발걸음은 절로 조심스러워졌다. 그들과 친구가 되지 못하는 게 안타깝지만 별 도리가 없었다.

집에서 걸어서 30분가량 걸리는 해변을 산책 삼아 자주 들렀다. 오고 가는 길목을 걷는 것보다는 500미터가 넘게 펼쳐진 백사장을 걷는 재미가 더 있었다.

터벅터벅 걸으면 물기 짙은 모래에 발자국이 찍혔다. 줄줄이 이어진 그 자국을 어엿한 나의 행적을 더듬는 것같이 되돌아보곤 했다. 잘만 살피면 나도 미처 모를 무슨 사연이 묻어날 것 같아서 가슴이 두근대기도 했다. 그러다 보면 걷는 것 자체에 마음이 홀리기도 했다.

잔잔하게 밀려왔다 밀려가는 파도가 모래사장에 아기자기한 수를 놓곤 했다. 그 들쭉날쭉하는 연속무늬의 아름다움! 그 줄무늬에는 바다가 파도에 실어서 되새기는 은근한 속삭임이 곱게 설레고 있었다. 간간이 쪼그리고 앉아서 집게손가락 끝으로 짚어보기도 했다. 그러면 그것들의 속내가 다소곳하게 묻어나는 듯했다.

그러다가 일부러 물살의 무늬와 나란히 잔걸음을 옮기곤 했다. 작은 갈지자걸음을 걷고 있노라면 마음으로는 야금야금 춤추는 것 같기도 했다. 파도의 율동이 내 발길에 옮겨 붙는 것이었다.

파도는 밀물과 썰물을 되풀이하면서 모래사장에 여러 겹으로, 문자 그대로 파상(波狀)의 줄무늬를 새기곤 했는데, 거기 차마 발을 들여놓을 수는 없었다. 너무나 아기자기했다. 달콤한 말로 속살대는 것 같기도 했다. 발길로 그걸 밟아대다니, 어림도 없었다. 언감생심으로 옆으로 비껴 다니기 마련이었다.

그 가장자리를 피해서 걷다가 모래 바닥에 주저앉는 것도 멋있었다. 섬들 사이로 펼쳐진 수평선을 하염없이 바라보고 앉아 있노라면 시간 가는 줄을 몰랐다. 명상에 빠지는 것도 그럴싸했지만, 머릿속이 말갛게 빈 채로 생각에 잠기는 것도 나쁘지 않았다. 그럴 때면 머릿속에 파도가 출렁대는 기척을 따라서 사색의 무늬가 아로새겨졌다.

물가의 서쪽 자락에는 바위너설이 제법 길게 뻗어 있는 게 꽤나 믿음직스러웠다. 너설은 들고 나고 하면서 층이 지고 층마다 좁다란 틈새가 벌어져 있었다. 밀물이며 썰물의 자국이 틈새마다 새겨져 있기도 했다.

거기서 해조(海藻)를 캐곤 했다. 파래, 돌김 따위의 바다풀이었다. 뜯는 길로 조금 입에 물면 그 향기며 맛이라니! 그것은 바다가 베푸는 성찬이 아닐 수 없었다. 온 입안이 상큼해지고 온 신경이 상쾌해지는 것을 실감할 수 있었다.

그뿐만 아니다. 층이 진 바위 틈서리에는 게들이 바글댔다. 이리 뛰고 저리 기고 하면서 녀석들은 영락없이 술래잡기를 했다. 수놈의 엄지발가락 하나는 커다란 붉은 가위 같아 보였는데, 그걸 추켜들고 흔들어대면서 기세를 떨치면 암컷들은 기가 죽는 시늉을 짓곤 했다.

이렇게 물가에서 희희낙락 온갖 재미를 보고 즐거움을 누리는 중에 뜻밖의 일을 저지르게 되었다. 의도는 좋았는데 결과로는 엄청 큰 실수를 한 셈인 일을 범하고야 말았다.

어느 쾌청한 여름날이다. 늘 그렇듯이 잔뜩 수영을 즐겼다. 좀 망령된 일이지만 아무도 오지 않는 곳이라서 맨몸, 알몸으로 헤엄을 쳐댔다. 물론 물장구도 치고 일부러 덤벙대기도 하면서 한참을 보냈다.

　그러고는 밖으로 나오다가 이상한 걸 보게 되었다. 비교적 큰 물고기 여러 마리가 물가의 모래사장에서 버둥대고 있었다. 뭘까 하고 가까이 가서 보니, 복의 무리였다. 하돈(河豚) 또는 복어(福魚)라고도 하는 것들이었다.

　어른 팔뚝만 한 길이에 배가 불룩하고 머리가 우뚝한 그 은빛 물고기는 영락없는 참복이었다. 그것들이 하필 물살의 끝자락과 맞닿은 모래 위에서 물거품을 일으키면서 허우적대고 있었다.

　'왜 저 야단일까? 물속도 아닌 물가에 나와서 저 요란을 떨고 있다니!'

나는 그들이 파도에 밀려 물가로 나온 것으로 생각했다. 그래서 물속으로 되돌아가기 위해서 악지를 쓰고 있다고 여겼다.

　'살려줘야지!'

한 마리씩 집어서 바닷속으로 던져주었다. 차례차례 여러 마리를 물속으로 되돌려주었다.

뜻하지 않게 복의 119 구급대가 된 나는 의기양양 마을로 돌아왔다. 목숨을 구한 물고기들이 뭔가 보답을 할 것이라고 우쭐대면서, 나는 그 경과를 마을 사람들에게 요란스레 늘어놓았다.

"저런, 남의 씨종자 말려놓고선!"

마을 노인 한 분이 그렇게 퉁을 놓았다. 얼떨떨해 있는 나에게 노인이 말을 계속했다. 암놈 복이 알을 낳기 위해서 어렵사리 모래사장에 올라선 것을 당치도 않게 물속으로 내던지는 흉측한 짓을 했다고 그는 풀이해주었다.

119 구급대가 뜻하지 않게 남의 씨를 말리는, 남의 혈통을 끊어놓는 폭도가 되고 파괴자가 되다니! 본의 아닌 실수라고 해서 무마될 일은 아닌 것 같았다.

복에게 복 받자고 한 짓이 복을 놓치는 꼴로 결말이 나고 만 이 딱한 사연, 지금 생각해도 가슴이 무너진다.

책벌레의 줄기찬 역사

나는 어릴 적부터 책벌레였다. 친구들이 붙여준 그 별명을 나는 훈장처럼 달고 다녔다.

워낙 몸이 약해서 얻은 또 다른 별명이 있었는데 그건 그다지 명예롭지 못했다. 가로되 '약골'. 그것은 불명예의 극치였지만 그 소리를 들을 만했으니 크게 언짢아하진 않았다. 불명예이긴 했지만 현실이 그런 걸 어쩌겠는가 하고 체념하고 있었다.

한데 약골은 책벌레와 짝을 짓게 되어 있었다. 내게 붙여진 그 서로 다른 별명이 내게는 잘도 하나로 어울리고 있었다. 약골이 다 보니 절로 책벌레가 된 것이다. 다른 건강한 애들처럼 활달하게 운동하고 활발하게 뛰놀고 하기가 만만찮았던 약골로서는 책벌레가 되는 게 타고난 숙명과도 같은 것이었다.

약골이라 노상 의자에 기대 앉아 있거나 아니면 아예 교실 바닥에 죽치고 앉아 있기 마련이었다. 그러니 함께 놀아줄 친구가 있을 턱이 없었다. 그렇다고 아무것도 하지 않고 바보 축구처럼 멍해 있을 수도 없었다. 뭔가를 해야 했다.

그래서 궁여지책으로 하게 된 것이 책 읽기다. 동요나 동시, 아니면 동화나 소설을 읽는 게 유일한 낙이 되고 일거리가 되었다. 지금 돌이켜보아도 아이들이 모두 운동장으로 놀러 나간 그 쉬는 시간에 오직 나만이 책상에 허리를 박고 책을 읽어댔다.

읽다가 말고는 갓 읽은 대목을 바탕 삼아서 우두커니 생각이며 상상에 잠기는 일은, 퍽이나 신명스러웠다. 아무도 없는 텅 빈 교실 안이 그만 천국이 되곤 했었다. 약골의 천당이 되었다.

그러던 중에 어느 날 점심시간쯤 되었던 모양이다. 다음 수업을 알리는 종소리도 안 나고 운동장으로 나간 아이들도 미처 들어오기 전에 담임선생이 먼저 들어왔던 모양이다.

책에 꽂히다시피 하고 있는 내 머리를 누군가가 쓰다듬으며 말했다.

"좋아, 이 착한 책벌레야! 그렇게 책 읽으라고!"

담임선생은 벌떡 일어서는 나를 다독대듯이 어깨를 두들겨서 앉게 해주었다. 이내 종이 울리고 수업이 시작되었을 때, 담임선생은 아이들에게 말했다.

"너희들 모조리 놀러 나간 사이에도 저 아무개는 혼자 교실에 남아서 책을 읽고 있었어. 나머지 너희들도 아무개를 본떠 조금은 책벌레가 되라고!"

그건 내게는 놀라운 칭찬이었다. 우쭐대는 마음보다는 부끄럼이 앞선 그 아무개는 책상에 박은 머리를 오랫동안 들지 못했다.

그런 약골의 책벌레 이력은 중학교에 가서도 달라지지 않았다. 일제 강점기, 부산 시내에는 조선 아이들이 다닐 인문 중학교가 없었던 탓에 공업 학교에 들어간 게 그런 이력을 한층 부채질하는 결과를 빚었다.

나는 공업 계통의 전문 과목이 영 마땅치 않았다. 당시는 중학교가 6년제였는데 5학년이 되면서 공업 과목이 대폭 늘어났다.

오전에 겨우 인문 교양과목 수업 몇 시간을 하고 나면 오후 내내 공업 과목이었다. 견딜 수가 없었다. 그래서 수업을 빼먹기로 했다. 교실을 빠져 나와서는 학교 뒷산으로 갔다. 삼십육계를 놓은 셈이다.

뒷산에는 크고 아름다운 저수지가 있었다. 그 둔덕이 더없이 쾌적했다. 다리를 뻗고 앉아 저수지를 찬찬히 바라보는 게 좋았다. 아니면 길게 누워서 먼 산의 능선을 올려다보는 것도 즐거웠다. 여름 방학을 앞둔 시절에 저수지에서 멱을 감을 수 있는 것을 나는 천행으로 여겼다. 산언덕의 저수지라서 그랬을까? 물뱀이 나와 나란히 경주를 벌이기도 했다.

뱀은 머리를 빳빳하게 들고는 문자 그대로 제 몸통 모양의 사행선(蛇行線)을 그리면서 헤엄쳐 나갔다. 제법 거리를 둔 탓에 무서워할 것 없었다. 물뱀은 독이 있는 것도 아니니 별로 공포를 느낄 까닭이 없었다. 뱀에게 질 수는 없었다. 둘의 경주는 승패가 늘 일정하지 않았다. 어쩌다가 내가 이기는 수도 있었다.

그때마다 눈에 안 보이는 승리의 월계관을 쓴 나는 맨몸으로 둔덕의 양지 쪽에 몸을 뉘곤 했다. 알맞게 운동을 한 뒤라서 기분은 아주 그만이었다. 몸도 알맞게 풀어져서 쾌적했다

한참을 누운 채로 졸다 말다 했다. 깨어서 푸른 하늘을 우러르면 눈이 절로 상쾌했다. 나는 누운 채로 기분 좋게 책을 펼쳐 들곤 했다. 한 번 책에 박힌 시선은 언제까지나 떠날 줄을 몰랐다.

해가 기울고 해그림자가 둔덕에 덮일 때까지 책 읽기는 계속되었다. 시나 소설이 단골이긴 해도 역사서나 영어로 된 에세이도 크나큰 단골이었다. 그것에는 공리적인 계산도 껴들었다. 다음 해에 치르게 될 대학 입시를 미리 내다보기도 한 것이다.

나의 작전 계획은 그렇게 원대했다. 그렇지 않고는 공업 학교를 나와서 인문계 대학 가기가 어려울 것이라는 계산이 작용하고 있었다. 그래서 그 저수지의 둔덕은 나의 독서실이 되어 책벌레의 찬연한 역사가 되풀이되게 해주었다.

그러다 오후 수업을 빼먹고 도망친 것이 발각되었을 때, 담임선생이 내게 말한 것은 초등학교 담임선생을 빼닮고 있었다.

"그래 이 책벌레! 넌 어차피 인문계로 갈 테니까 눈감아주마."

그래서 초등학교 이래로 고등학교까지 책벌레의 역사는 알뜰하게 지켜진 것이다.

화장실 바닥을 핥으라고!

군국주의가 설쳐대고 태평양 전쟁이 한창이던 당시, 일제 강점기의 공립 중학교는 어느 곳이나 군인들의 병영(兵營)과 별로 다를 것이 없었다.

상급생과 하급생 사이의 계층 차이는 군대의 계급 차이만큼이나 혹독했다. 하급생은 상급생을 만날 적마다 어디서나 소위 거수경례(擧手敬禮)를 바쳐야 했다. 그들의 명령은 절대 복종을 강요했다.

그것은 당시 1학년이던 우리들에게 더한층 엄혹했다. 상급생들이 득실대는 운동장이나 복도에서, 우리 1학년은 아예 노상 거수경례를 하고 있어야 했다. 그게 명색이 교육 현장이었다.

1학년인 우리들의 청소 구역은 매우 넓었다. 대단히 부담스러웠다. 우리들 교실은 말할 것도 없고, 온 학교의 운동장 구석구석 그리고 서너 곳의 화장실 전체를 우리들이 맡아 치워야 했다. 그러자니 같은 학급의 아이들에게는 모조리, 열 명 단위로 청소 구역이 배당되어 있었다.

나는 하필이면 화장실 청소를 맡게 되었다. 우리 조 아이들은 미리 훈련을 받은 탓에 소변보는 칸이나 대변보는 칸이나 열심히 청소했다. 물통에 물을 퍼 와서 들이부었다. 그러곤 쓸고 닦고 했다.

소변 칸은 그런 대로 쉬웠다. 물을 쏟아 붓고 대비로 대충 훑어내는 걸로 충분했다. 하지만 대변 칸은 어렵고 까다로웠다. 남들이 들으면 안 믿을 지경으로 청소를 했다. 온 바닥과 변기에 물을 퍼부었다. 그러곤 물걸레로 바닥과 변기를 고루 닦아내어야 했다.

바닥은 그래도 편했다. 변기가 골칫거리였다. 애벌로 물로 씻고 걸레질을 해야 했다. 지난 시절의 그 납작 둥글한 타원형의 대변기라니! 거기에는 군데군데 똥이 묻어 있었다. 변기 안쪽과 밑에 똥이 달라붙어 있었다. 아니 어떤 것은 그 밑창이 똥투성이였다. 물을 끼얹어서 비질하는 걸로는 말끔하게 닦아지지 않았다. 그럼 어떻게 한담? 그래서는 상급생의 검열을 통과할 턱이 없었다. 그렇다면 어쩐담? 거듭, 거듭 골머리를 앓아야 했다.

'궁즉통(窮則通)', 궁하면 통한다고 했던가? 우리들은 대변기의 똥투성이 밑창과 안쪽에 손을 들이밀어 걸레질을 하기로 했다. 일단 물로 씻어낸 다음 차곡차곡, 알차게 걸레질을 했다. 역한 냄새에는 이미 익어 있었다. 큰 공동 화장실이라 대변 칸이 좌우 두 줄로 스무 개 정도였다. 화장실 청소 당번 한 학생당 두 칸씩 맡아야 했다. 줄잡아 30분을 넘겨서야 일단 걸레질을 끝냈다.

재수 없게 나는 변소 당번의 우두머리였기에 일단 검사를 했다. 칸마다 머리를 들이밀고 바닥과 변기 안을 점검했다. 내 짐작으로는 상급생 감독관의 검사도 탈 없이 넘길 것 같았다.

상급생 반으로 달려갔다. 그래 봐야 고작 한 학년 위의 상급생 반이었다. 문을 열고 들어서면서 거수경례를 올리고는 소리쳤다.

"신고합니다. 1학년 몇 반의 아무개가 화장실 청소의 감독이신 상급생 아무개님을 뵙고자 해서 왔습니다."

그게 한 번으로는 통하지 않았다.

　"소리가 작다! 기합이 모자라!"

상급생 녀석들은 그렇게 고함을 쳐댔다. 나는 몇 차례 더 신고를 절규해야 했다. 그렇게 가까스로 통과했지만, 또 다른 관문을 통과해야 했다. 또 다른 신고가 한 차례 더 남았다. 담당 상급생 앞에 가서 또 거수경례를 하고 무엇 때문에 모시기 위해서 왔는가를 밝혀야 했다.

그렇게 시달림을 준 끝에 상급생, 그것도 일본인이었던 상급생 녀석은 거만을 떨면서 앞장을 섰다.

　"그래 가자!"

꼴사납게 거드름을 피우는 녀석은 큰 키에 사지를 흔들며 교만 떠는 걸음걸이가 우스꽝스러웠다.

그렇게 귀하신 몸, 감독관님을 모시고 화장실에 닿았다. 우리 조 아이들은 한 줄로 서서 허리를 굽히고 그를 정중하게 마중했다. 그는 여전히 건방을 떨면서 화장실 안을 한 바퀴 돌아보셨다. 소변 칸을 낱낱이 살핀 끝에 마침내 대변 칸을 살필 차례가 되었다. 그는 안을 들여다보더니 나를 불렀다. 그러고는 안으로 들어가라고 분부하셨다. 나는 서슴없이 안으로 발을 옮겼다.

그런데 그의 근엄하신 명령이 떨어지는 게 아닌가!

"깨끗하게 했다고 자신하겠는가?"

"그럼요! 자신만만합니다."

어깨를 으쓱거리는 나를 보고 그가 말했다.

"정 자신이 있으면, 이 대변 칸의 바닥에 괸 물기를 네 입에 물어!"

"예? 뭐라고 하셨죠?"

하도 당돌한 말이라 되묻는 나에게 그가 다그치듯이 소리쳤다.

"손가락으로 물기를 훑어서 입에 물라고 했어. 왜 뭐가 잘못되었나?"

그때 똥물을 핥은 그 혀의 아리디아리던 감각은 지금 생각해도 소름이 끼친다.

그 몸서리나는 좌우익의 갈등

좌우익의 갈등이라니? 요즘 사람들은 무슨 말인지 도통 못 알아들을 것이다. 하지만 해방 후부터 6·25 전쟁 직전까지, 좌우익의 갈등은 이 나라의 역사를 몸서리나게 흔들어댔다. 국민들을 못살게 굴었다.

좌익은 공산주의 집단을 가리킨다. 그 당시로는 북한에 동조해 정치 운동을 하는 집단을 좌익이라고 일컬었다. 이와 대조적으로 우익이라면 자유주의를 내세운 집단을 지칭했다. 그 당시는 미국에 동조하는 세력이라고 이야기되곤 했다.

좌와 우는 서로를 용납하려고 들지 않았다. 그야말로 숙적이었다. 사사건건, 아웅다웅 다투고 겨루었다. 해방 뒤 한참 동안 이 나라의 정국은 좌우 대립으로 말미암아 편한 날이 없었다. 풍파가 계속되고 파란이 잇따랐다.

좌우익의 갈등이 어떤 건지 나는 해방 이듬해에 절실하게 겪었다. 마침 3·1운동 기념일이었다. 어느 큰 공원에서 개최된 기념식전에 우리 학교는 단체로 참여했다. 중학교 3학년이던 나도 물론 빠지지 않았다.

그런데 식을 탈 없이 마치고 막 식장을 나서는 찰나, 난데없이 소동이 일었다.

"우익의 테러야!"

그런 아우성이 일었다. 돌팔매가 날아들었다. 저만큼에서 몽둥이를 든 무리가 우리 쪽으로 달려들고 있었다. 다들 줄행랑을 놓기 시작했다.

나도 흩어진 무리에 섞여서 도망질을 쳤다. 앞서 달리던 학생들이 넘어지고 나도 달리다 엎어졌다. 용케 일어서서 다시 내달렸다. 돌팔매는 계속 날아들고 여기저기서 비명 소리가 귀청을

째고 들려왔다. 무서웠다. 파랗게 질린 나는 떨면서 줄행랑을 놓았다.

나는 좌익이니 우익이니 하는 것에는 아무 관심도 없었다. 의식을 하고 좌익의 무리가 주관하는 행사에 참가했던 것은 아니다. 고학년의 상급생들 사이에서 좌익 세력이 컸던 탓에 거기 휘말린 것뿐이었다. 학교 전체가 참여하는 공식 행사에 빠질 수 없었던 것이다. 아무튼 그 돌팔매질과 몽둥이질, 그게 바로 내가 겪은 좌우익의 갈등이었다.

학교 안에서도 좌와 우의 갈등은 끊이질 않았다. 학생 단체를 주도하는 무리가 좌익이냐 우익이냐에 따라서 학교 전체의 분위기가 달라졌다. 6년제 중학교에서도 그 지경이었다.

좌익의 학생 단체는 '학생동맹'이라고 했다. 우익의 학생 단체는 '학생연맹'이라고 했다. 동맹과 연맹은 세 다툼을 벌이고, 분쟁을 일으키곤 했다. 서로 소위 '사상(思想) 다툼'에 열을 올렸다. 학교 안인데도 그랬다.

그런 지악한 상황 속에서 나는 좌익에 가담하지도 않고, 우익에 쏠리지도 않았다. 아예 무관심했다.

"알아서들 하되, 요란은 떨지 마! 싸우지도 마!"

그게 나의 사상이라면 사상이었다. 나는 우도 좌도 아닌 중간에 자리 잡고 있었던 셈이다. 희지도 않고 붉지도 않았다. '영세 중립국'에 견주어도 좋을 처지가 바로 나의 것이었다.

한데 하필이면 좌익의 극단 분자와 우익의 극단 분자 하나씩을 절친한 친구로 두게 되었다. 좌익 친구는 성질이 부드럽고 문학을 좋아하는 탓에 심금을 터놓고 사귀었다. 좀 까다로운 편인 우익 친구와는 서로 집이 지척으로 가까워 터놓고 사귀게 된 것이다. 그것뿐이다. 그들의 사상은 우리의 우정과는 아무 관계도 없었다. 나하고 친한 탓일까? 둘도 비교적 서로 사이가 좋았다.

그런 지경으로 수삼 년이 지나 중학교 6년을 마치고 우리는 대학에 들어갔다. 붉은 친구는 서울의 S대의 공과대 학생이 되었고, 흰 친구는 H대의 공과대 학생이 되었다. 원수끼리 다행스럽게도 갈라진 것이다. 나는 S대의 인문대여서 어느 쪽도 만나기가 쉽지 않았다. 그래서 나의 중립은 잘도 지켜졌던 것이다.

대학에 입학하고 얼마 안 되어 6·25 전쟁이 터졌다. 나는 재빨리 부산으로 돌아갔다. 그런데 흰 친구는 몇 달 뒤에, 천 리 피란길을 걸어서 부산까지 가까스로 돌아왔다. 모처럼 다시 만나서 이야기를 주고받는데, 흰 친구가 피란 오기 바로 전에 서울에서 겪은 이야기를 들려주었다.

북에서 내려온 인민군의 무슨 특수 부대 요원들에게 붙들렸다고 했다. 그들은 내 친구를 부산에서 서울까지 와서 대학을 다니자면 악질의 보수반동, 부르주아임이 틀림없다고 몰아붙였다.

"이 자본가의 아들 새끼, 너는 죽어!"

내 친구는 사형선고를 받았다.

한 무리의 사람들과 함께 줄지어 서서 총살을 당했다. 그는 쓰러졌다. 한데 용케도 상처가 가벼웠던지 한참 만에 정신이 들었다. 시신들 틈에 끼어서 꼼작대고 있는 그를 본 인민군의 대장은 그걸 기적이라고 하면서 혀를 내둘렀다.

"상당히 명줄이 센 놈이로군! 어디 사는 데까진 살아보라우!"

흰 친구는 붉은 군대에게 당한 일을 이같이 들려주었다. 그러면서 말을 이었다.

"우리 반 그 붉은 친구 소식이 없지? 북으로 간 모양이지?"

아마 그럴 거라고 고개를 끄덕이는 나를 보고 그가 말했다.

"내가 빨갱이들에게 붙들렸을 때, 그가 그 현장에 있었다면 어떻게 했을까? 아마도 나서서 나를 구해줬을 거야. 그치!"

나의 흰 친구의 눈에는 눈물이 어리고 있었다.

엉터리 통역사의 전과(戰果)

6·25 전쟁이 한창이던 당시, 부산은 '피란 수도'라 불렸다. 피란 온 중앙정부가 부산에 터를 잡았기 때문이다.

그 당시 부산의 원주민 인구는 겨우 30만 명을 넘을까 말까 했다. 그런 판이었으니 모르긴 해도 피란민 인구가 더 많았을 것이다. 시내며 가까운 산비탈마다 피란민들의 판잣집이 빼꼭했다. 거리는 어디 할 것 없이 피란민으로 들끓었다. 번화가인 광복동과 국제시장 거리는 낮이나 밤이나 사람들의 물결로 득실댔다.

모두가 헤매고 비틀대는 것처럼 보였다. 다들 기댈 데도 의지

할 데도 없는 것 같았다. 온 도시가 그야말로 혼돈이었다.

대낮에도 대포 터지는 소리가 펑펑 들려왔다. 낙동강 전선에서 울리는 폭음이라고 했다. 다들 전전긍긍했다. 불안에 떨고 무서움에 몸서리쳤다.

정부가 부산 부두에 미리 배들을 준비해놓고 언제든 일본으로 망명할 채비를 갖추고 있다는 소문이 떠돌기도 했다. 낙동강 전선이 무너지면 부산의 안전도 보장받기 어렵다는 내용의 악성 루머가 나돌기도 했다.

그러자니 대학의 개강은 꿈도 못 꿀 일이었다. 입학한 지 불과 두어 달밖에 안 되는 신출내기는 할 일 없이 시간을 허비하고 있었다.

그런 중에 귀가 번쩍 뜨이는 소식을 접했다. 미군 부대에서 수시로 통역사를 모집하고 있다는 것이었다. 수소문 끝에 중앙동에 있던 미군의 인사 사무소를 찾아갔다.

이미 수십 명, 아니 백여 명의 사람들이 줄을 서서 차례를 기다리고 있었다. 꽁무니에 서보았지만 소용없었다. 사무소가 하루 일을 마칠 때까지 안타깝게 서 있었지만 차례는 돌아오지 않았다. 다음 날도 역시 온종일 헛수고를 했다.

무슨 다른 방도를 찾아야 했다. 사흘째 되던 날, 덮어놓고 부두에 갔다. 몇 마디 엉터리 영어를 주절댔더니 문지기 미군 병사가 안에 들어가면 부두 일을 주관하는 사무소가 있다고 했다.

표시를 보고 2층으로 올라가서 사무실 안으로 들어섰다. 방 안쪽 큰 책상을 앞에 놓고 버티고 앉아 있는 장교에게로 갔다. 그러고는 절도 인사도 미처 하기 전에 그에게 영어로 말을 걸었다.

"May I ask your favor, please!"

용케 외고 있던 한마디를 내뱉었다.

"저 제발 좀 봐주서요"

그쯤 될 서툰 영어였는데도 장교는 좋다고 했다. 그만한 인사 치레를 할 줄 아는 게 대견했던 것 같았다.

"좋아 제2부두로 가. 전화해놓을 테니."

물론 나는 기뻐서 어쩔 줄 몰랐다.

  "와! 내 영어가 미국인에게 통했어."

중얼대면서 더 이상 묻지도 않고 길을 내달려서 제2부두로 갔다. 부두에 주둔해 있던 부대의 대장이 당장 내일부터 나와서 통역 일을 맡으라고 했다. 그리하여 대학 1학년 국문과 학생은 느닷없이 영어 통역사가 된 것이다. 나 스스로도 이게 사실인지 아닌지 긴가민가했다.

한데 다음 날부터 실무를 보게 되면서 말썽이 끊이지 않았다. 미군과 나 사이에는 말이 통하지 않는 대목이 너무나 많았다. 영어 회화라고는 그때까지 단 한 시간도 배워본 적이 없는 처지이고 보니 그럴 수밖에 없었다.

손짓 발짓 섞어서 어떻게 어떻게 임무를 수행하고 있는 중에 묘한 일을 당했다. 한국군 헌병이 난데없이 미군 헌병에게 체포되어서 왔다. 그는 하필이면 나와 초등학교에서 한 반이던 동창생이 아닌가!

미군 병사들이 부두에서 맡은 일은 부두를 운영하면서 수송되어 오는 각종 물자를 수송선에서 내려서 각지의 미군 부대로 보내는 것이었다. 제2부두에서는 군수물자가 아닌 일용 잡화를 다루고 있었다.

부두의 한국인 인부들은 소위 '얌생이'라는 짓을 했다. 물건 몇 가지를 슬쩍하는 것이다. 그 때문에 인부들을 노상 감시하고 있던 미군 헌병에게 하필이면 내 친구가 걸려들었던 것이다.

나는 당황했다. 그러나 내 친구를 구해야 했다. 한국 헌병의 명예도 지켜야 했다. 우선 미군 헌병에게 내가 통역이란 것을 밝혔다. 그런 다음 그 피의자는 신분이 당신과 같은 헌병인데 무슨 의심 받을 일을 할 턱이 없지 않느냐고 했다. 물건을 슬쩍한 인부를 발견해서 그자가 훔친 물건을 압수한 바로 그 순간에 당신 눈에 띈 것이 틀림없다고 말해주었다. 그리고 이 한국 헌병은 나의 초등학교 친군데 평소 그의 소행으로 보아서 한국군 헌병의 신분에 먹칠할 턱이 없다고 힘주어서 말했다.

마침 옆에 있던 흑인 장교가 중재를 하고 나섰다.

"이 한국인 통역은 나하고 같은 사무소에서 일하고 있어서 나는 그를 잘 알고 있소 그의 말이라면 믿어도 좋을 것이오"

고마웠다. 그게 미군 헌병에게 말발이 섰던 모양이었다. 그렁저렁 경과를 겪고 미군 헌병은 내 친구를 무죄 방면했다. 그 흑인 장교는 나의 영어 선생이다시피 했다. 내가 발음을 잘못하면 그때마다 친절하게 교정을 보아주곤 했다.

그의 도움으로 내 친구가 화를 면한 일, 그래서 한국군 헌병의 명예가 떳떳하게 회복된 일, 그것은 6·25 전란 중에 내가 올린 전과(戰果)로서 지금도 자랑스럽게 여기고 있다.

전시 연합대학에서

별난 대학이 다 있는 모양이다.
'전시 연합대학'이라니 그게 어떤 대학일까? '전시'는 뭐고 '연합
대학'은 또 뭘까?

전시 연합대학은 6·25 전쟁이 한창이던 당시, 부산에 한때 잠
깐 있었던 대학이다. 전쟁을 하는 시기에 여러 대학이 연합해서
만든 한 단위의 대학이었던 것이다.

전쟁이 나자 서울에 있던 여러 대학들이 일단 부산으로 피란
을 오긴 왔다. 그리고 대학별로 부산 시내에 달랑 작은 집을 빌려
서 사무실을 차렸다. 학생 등록을 받긴 했지만 그 수가 워낙 적었

다. 또 교수는커녕 강의실 한 칸도 없었다.

그래서 연합대학이 생겨났다. 피란 온 전 대학이 하나로 뭉친 것이다. 그러곤 '전시 연합대학'이란 간판을 내걸게 되었다.

연합대학은 부산 시내의 작은 영화관 하나를 빌렸다. 영화 상영을 하지 않는 아침과 밤 시간에만 백 명도 채 안 될 학생들이 관람석에 앉아서 '합동 강의'라는 것을 청강했다.

과목별로 교수별로 따로따로 강의를 설정할 수는 없었다. 강의실이라고는 영화관 안의 관람석, 그 단 하나의 공간이 전부였으니 학생마다 학부며 학과며 전공이며 그런 걸 구별해서 강의를 들을 처지가 못 되었다.

난데없이 대학 강의실로 변한 영화관의 관람석!

전면의 허옇고 널따란 영사막 앞의 높은 단에 탁자가 놓였다. 그 옆에는 칠판이 제법 안존하게 자리를 차지하고 있었다. 그게 강의실 설비의 전부였다. 나이 든 교수는 영사막 앞을 오락가락하면서 강의를 했다. 꼭 무슨 배우 같아 보였다.

그런 어설프기 이를 데 없는 임시 강의실에서 강의가 진행되었다. 그럴듯한 제목을 내건 교양과목, 누가 들어도 어려울 것 없는 교양과목을 전체 학생이 합동으로 들었다. 대개는 그저 그만 그만한 개론 수준의 과목들이었다.

그러다가 영도 섬의 외딴 곳에 있던, 아주 낡고 엉성한 창고를 빌려서 칸을 지르고 벼락치기로 강의실을 만들었다. 나무나 볼품이 없었다. 어처구니없을 정도로 초라했다.

바로 지척의 바닷가 비탈에는 피란민들의 소위 '하코방(箱房, はこ-)'이 다닥다닥 무리를 이루고 있었는데, 그 모양새와 전시 연합대학은 잘 어울려 보였다. 누가 보아도 서로 사촌 간으로 보였을 것이다.

소문을 듣고 모여든 축들까지 해서 학생 수가 조금 늘어났다. 세 칸인가 되던 강의실에서는 각기 다른 과목의 강의가 진행되었다. 그러나 강의는 여전히 교양과목 수준을 벗어나지 못했다. 전공이 다르고 학년이 다른 학생들 누구라도 알아들을 만한 내용이었다.

그게 한 학기 동안 지속되었다. 물론 시험도 치고 논문을 제출하고 해서 학점도 딸 수 있었다. 어려울 것은 조금도 없었다. 강의 수준이며 내용이 그저 그렇고 그랬으니 시험도 논문도 누워서 떡 먹기였다. 그러기에 학점도 강의 시간에 나가 앉아 있는 것을 빼면 공짜로 얻는 것이나 매한가지였다.

대학에 입학하자마자 6·25 전쟁이 터졌다. 서울의 본교에서는 불과 일주일 정도 강의를 들은 것밖에 없었다. 그게 신입생으로서 가진 학력의 전부였다. 그러니 부산 전시 연합대학에서 가을학기에 따낸 학점은 대학생으로서 최초로 얻어낸 것이었다. 한데 그게 불로 소득이나 별반 다를 것이 없었다. 강의 내용마저도 별로 볼품없었던 것을 생각하면 한심하기 그지없다.

아무튼 부산의 전시 연합대학은 달랑 한 학기 하고는 문을 닫았다. 온 세계를 통틀어서 문을 연 지 한 학기 만에 폐교한 대학이 또 있을 것 같지 않다.

그러나 나의 학력(學歷)과 이력(履歷)에서 부산 전시 연합대학 1학년 한 학기는 지울 수가 없다. 6·25 전쟁이 이 겨레의 역사에서 차지하는 막중한 비중만큼, 내 개인의 역사에서 부산 전시 연합대학이 차지하는 비중은 결코 작다고 할 수 없다.

대학생으로서 겪은 첫 학기라서 그런 것만은 아니다. 전쟁에 휩쓸린 혼란과 고난 속에서 그나마 명색이라도 대학이 문을 열었다니! 그것은 한국 대학의 역사에서 길이 기념되어야 할 것이라 생각된다. 민족의 일대 비극, 6·25 전쟁사의 일부로 기록되어 마땅할 것이다. 그것은 전란(戰亂)의 소용돌이 속에서 피어난 꽃 같은 것일지도 모른다.

한데 이듬해 봄 학기부터 전시 연합대학은 해체되고 각 대학 별로 강의를 하게 되었다. 종합대학에서는 단과대학별로 그랬다. 내가 다니던 대학은 그 당시 부산의 동대신동에 있던 부산대학교의 강의실에 셋방을 얻어서 개강했다.

그러다가 얼마지 않아서 근처의 산비탈에 작고 초라한 임시 교사를 지어서 비로소 딴살림을 차릴 수 있었다. 교무과의 사무실이고 강의실이고 간에 모두 천막집이었다. 바람이 제법 세차게 불면 온 강의실이 흔들거렸다. 그런 지경으로 강의가 진행되었다.

종교학 개론 시간이었다. 교수는 어두컴컴한 천막 밖으로 나가자고 했다. 우리는 산비탈로 올라갔다. 구덕산이라고 하는 제법 높은 산의 중턱이었다. 나무도 별로 없는 황량한 풀밭이었다. 햇살이 따가웠다. 느닷없이 노천 강의실이 차려진 꼴이었다.

종교학을 전공한 교수는 강의가 시작되기 전에 다 함께 기도하자고 했다.

"주여! 거친 풀밭입니다. 하지만 그런 터전이기에 우리는 더욱 열심히 강의하고 학습할 것입니다."

그 당시 기독교 신도가 아니던 나는 나도 모르게 합장을 했다. 고개를 깊이 숙였다. 풀밭 강의실의 풀 냄새가 향기롭게 일면서 더 열심히 하자는 나의 다짐을 돋우어주었다. 그것은 그 자리의 동료 학생들에게도 마찬가지였을 것이다.

대학 강의라는 것?

대 학 생 에 게 학 점 (學點)은 농 부 의
가을걷이나 마찬가지다. 대학 다니는 보람 중에서도 가장 큰 것
에 들 것이다. 대학 생활의 성패(成敗)는 학점에 달려 있다고 해
도 지나침이 없을 것이다. 대학생은 누구나 조금씩은 '학점 벌레'
가 되게 마련이다.

"치사하게 학점이나 노리고!"

이처럼 대개가 겉으로는 그렇게 퉁을 주면서 잘난 체했다. 그

러나 그 속내는 꼭 그렇지만은 않았다. 적어도 낙방은 면해야 했기 때문이다. 학점은 말할 것도 없고, 강의를 듣고 시험을 치거나 논문을 제출한 결과로 따내는 학과목 성적도 그랬다. 그것에는 당연히 상하가 있다.

우리가 대학을 다닐 때, 학점은 다섯 등급으로 나뉘어 있었다. A, B, C, D, F로 학점이 매겨졌는데 그것을 점수로 고치면 차례로 90, 80, 70, 60, 50이 되는 셈이었다. 100점은 '더블 A'라고 했는데, 그것은 좀체 없는 일이었다. 물론 50점 이하인 F는 낙방이었다. 그러니까 A에서 D까지가 학점을 딴 것으로 계산되었고 F는 낙제 점수로 학점을 취득할 수 없었다.

내가 대학 학부를 다니던 시절이었던 1950년대에는 한 학기에 얻어낼 수 있는 학점이 20학점 안팎이었다. 학과목 수로는 7과목 내지 8과목이었으니까 한 과목당 평균 3학점이었던 셈이다. 일주일에 세 시간짜리 강의로는 3학점, 두 시간짜리로는 2학점을 따내게 되어 있었다. 말이 쉬워서 일고여덟 과목이지, 그 부담은 결코 작은 게 아니었다.

가령 20학점을 따도록 수강신청을 했다면, 일주일 동안에 예닐곱 학과목의 강의를 들어야 했다. 한 과목당 일주일에 세 시간이면 모두 합해 스무 시간이 넘는다. 매일 서너 시간 동안 강의실을 지키고 앉아 있어야 했던 것이다.

새로 듣는 전공과목의 경우는 그게 여간한 부담이 아니었다. 강의 내용 때문만은 아니었다. 물론 상급반으로 올라갈수록 강의 내용의 전문성이 높아지고 그만큼 알아듣기 힘겹기도 했다. 그러나 강의가 부담스러웠던 것에는 또 다른 이유가 있었다. 그것은 강의 방식 때문이었다.

우리 시대의 대학 강의는 십중팔구 담당 교수가 미리 작성해 온 강의 내용을 읽어주고 학생들은 노트에 받아 적게 되어 있었다. 강의 시간 내내 받아 적기 하는 것이 전부이다시피 했다. 그것은 고통스러웠다. 교수가 빨리 읽어주는 것을 낱낱이 글자로 옮겨 적자면 팔이며 어깨가 저려들기도 했다. 지루하고 답답한 것은 말할 것도 없었다.

그러던 중에 우리에게 길이 열렸다. 복음이 전해진 것이다. 어느 한 교수가 불러주는 강의 내용이 그전에 우리의 상급반 학생들에게 불러준 것과 하나도 다르지 않다는 것을 알게 된 우리는 상급반 선배에게서 노트를 빌려 왔다. 그걸 우리들끼리 돌아가면서 베끼면 그만이었다. 강의 시간에 출석할 필요가 없었다.

그러나 교수에 따라서는 강의 시간마다 출석을 꼬박꼬박 부르기도 했기 때문에 무한정으로 시간을 빼먹을 수는 없었다. 그저 자리지킴이나 하고서 우두커니 딴전을 피우며 강의 시간을 보내곤 했다. 하지만 교수가 눈치 채지 않게 하기 위해서 공연히 연필을 굴리면서 받아 적는 척도 해야 했다.

요즘같이 복사기가 있었다면 어떻게 되었을까? 옮겨 베끼고 자시고 할 게 없었을 것이다. 학기가 거듭되고 수강생이 달라져도 내용에는 전혀 변화가 없이, 묵고 낡은 노트를 읽어주는 것으로 진행된 강의는 문 연 채로 폐강이 되지 않았을까 싶기도 하다.

그러던 중에 우연히 보게 된 연극 한 편이 우리의 박수갈채를 받게 되었다. 연극 줄거리가 익살맞았다.

어느 대학교수 집에 야밤에 도둑이 들었다. 교수 처지인지라 집 안을 샅샅이 뒤져도 훔쳐 갈 만한 걸 찾아내지 못하게 되자 도둑이 주인을 깨웠다. 그러고는 칼을 들이대며 귀한 것을 내놓으라고 협박을 했다. 겁에 질린 교수는 노트를 내놓았다. 귀한 것은 이것뿐이라고 했다.

도둑은 어이가 없었다. 노트를 내던지면서 교수에게 물었다.

"이 공책이 뭔데 당신이 가진 것 중에서 제일 보물이란 말이오?"

"말씀 마서요. 그 한 권으로 나는 벌써 수십 년째 먹고살고 있다오. 나의 최고의 귀중품이오."

"아이고, 한심한 작자야. 내가 옆집에서 훔친 위스키 병을 하나 내놓고 갈 테니, 그걸로 정신 차리라고!"

이렇게 연극은 대단원의 막을 내리고 있었다.

한데 나는 박수를 치면서도 연극에서 그 영특한 도둑이 실수를 저지르고 있는 것으로 여기지 않을 수 없었다. 그는 그 귀물을 우리들 대학생에게 팔아넘겨야 했던 것이다. 그랬으면 우리는 학점 걱정을 면했을 텐데⋯⋯.

수복(收復)과 복학(復學)

　　　　　　　피란　수도이던　부산에서　우리 대학생들은 전시 연합대학을 다니다가, 나중에는 각기 자기 대학으로 돌아가서 그나마 학업을 계속할 수 있었다.

　6·25 전쟁으로 피란살이를 하던 중이었다. 어느 모로나 경황이 없던 한때였다. 부산에서 멀지 않은 낙동강 전선이 위급했다. 전쟁이 치열했다. 내일을 내다보지 못할 만큼 사태는 급박하고도 다급했다.

　온 시내가 '피란민촌'이다시피 했다. 초라한 행색의 피란민들이 온 거리에 들끓었다. 어디 한 곳 발붙일 데도 없어 보였다. 온 시내가 거친 파도에 휩쓸린 배 같아 보이기도 했다.

임시 정부가 세워지긴 했지만 피란민 생활의 어려움과 혼란을 다스릴 수는 없었다. 온 시내가 무질서하게 느껴지기도 했다. 아우성과 소란이 그치지 않았다. 지척인 전선에서 대포 쏘는 소리, 폭탄 작렬(炸裂)하는 울림이 시내를 치고 들었다.

그런 상황에서 대학이라니! 어림 반 푼어치도 없는 일이었다. '그게 무슨 당치도 않은 사치냐?' 그런 생각이 들 만도 했다. 한데도 대학이 문을 열었다. 피란 대학이 개강을 했다. 지금 생각하면 그것은 놀라운 일이다. 그렇게 하도록 결단을 내린 정부 당국과 문교부의 태도며 정책은 기적과도 같은 것이었다.

대학마다 임시 교사를 만들어 문을 열었다. 더 놀라운 일은 그런 시대적인 위급한 상황에서도 대학생들은 병역이 면제되었다는 것이다. 비록 UN군이 우리를 편들어서 참전하긴 했지만, 국가의 장래가 다급한 상황에서 대학생들도 군사력을 높이는 데 일조해야 할 판이었다. 한데도 굳이 그들이 군대에 가지 않게 국가 정책으로 정했던 것이다.

임시 정부가 들어서고 얼마 되지 않아 전세는 아군에게 유리해졌고 곧 서울이 수복(收復)되었다. 이른바 9·28 수복이다. 잃은 땅, 빼앗긴 고장을 되찾아서 돌아감이다.

나도 당연히 서울로 가야 했다. 서울 본교에 가보아야 했다. 부산역으로 나갔다. 모여든 사람들로 역 광장은 북적대고 있었다. 역사 안에서 바깥까지 사람들이 길게 줄지어서 서 있었다. 한 시간도 넘게 기다린 끝에 간신히 기차표를 끊었다. 플랫폼에 들어섰다. 승객들로 북새통이었다. 객차의 입구마다 사람들이 버글댔다. 간신히 비집고 안에 들어섰다. 그나마 비교적 일찍 들어선 덕택에 간신히 자리를 잡을 수 있었다.

이내 객차 안은 초만원이 되었다. 좌석 한 칸에 셋씩 앉았다. 그래도 자리를 얻지 못한 승객들은 좌석 사이의 통로에 주저앉기도 했다. 머리 위의 선반은 보따리 짐으로 미어터질 지경이었다. 이렇게 해서 객차 안은 온통 사람과 짐으로 빈틈이 없었다.

야간열차의 어둑한 조명 아래였지만 사람들의 표정을 통해 다들 마음이 설레고 있음을 알 수 있었다. 힘들었던 피란살이를 겨우 끝내고 정든 집으로, 고향으로 돌아가는 판이라 마음이 들뜰 수밖에 없었을 것이다.

"마침내 돌아간다!"

다들 소리 없이 외쳐대고 있었다.

온밤을 달려 기차는 서울역에 도착했다. 거의 뜬눈으로 밤을 지새웠을 텐데도 모두 짐을 챙겨 객차에서 내리는 몸놀림이 날렵했다. 드디어 돌아온 것이었다. 귀경한 것이었다. 피란민 승객마다 다들 인생을 수복한 것이다.

다른 사람들에 섞여서 서울역 역사를 빠져나왔다. 한데 당황스러웠다. 서울역 앞은 폐허였다. 역사 맞은편에 우뚝 솟아 있어야 할 세브란스 병원 건물도 사라지고 없었다. 그뿐만 아니었다. 서울역 앞, 천지 사방이 온통 폐허였다. 멀리 남대문만이 남아 외롭게 우뚝 서 있는 게 내다보였다. 그 앞이며 뒤 그리고 둘레는 텅텅 비어 있었다.

전쟁은 그렇게 참혹했던 것이다. 시가전이 벌어진 데다 공습의 폭격까지 난리를 피운 게 틀림없었다. 모처럼의 수복이, 그리고 귀경이 폐허 더미에 찾아온 꼴이 되었다. 한데도 용케 전차는 다니고 있었다. 올라탔다. 다른 것은 다 제쳐두고 우선 대학이 보고 싶었다.

전차를 타고 종로 5가에서 내려 동숭동까지 사람들 왕래가 그다지 많지 않은 거리를 걸어갔다. 그 일대는 전쟁의 참화가 피해

간 것같이 보였다. 나는 고향에라도 돌아가듯이 잰걸음을 쳤다.

한참 만에 대학 정문 앞에 도착했다. 그 벽돌의 건조물은 옛날 그대로였다. 아무 변화도 없었다. 전쟁은 다른 나라 이야기 같았다. '서울대학교 문리과 대학 문학부'는 건재하고 있었다. 본관, 별관 그리고 도서관 모두 언제 전쟁이 있었느냐는 듯이 말짱했다. 따로 떨어져 있는 대학교 본부도 아무 탈이 없었다. 운동장이 나를 반기고 들었다. 본관 앞의 마로니에 나무들은 사뭇 정정했다. 제법 크고 넓은 그 잎들이 싱그럽게 푸르렀다.

문을 지나서 국문과 사무실이 있는 도서관 건물 앞에 선 그 순간이다. 피다 만 코스모스 곁에 국화 몇 송이가 한창이 아닌가!

나는 거기 코를 디밀었다. 그윽한 그 향기에 묻어서 그리웠던 대학이 나를 맞아주는 향기가 설레었다. 그것은 나의 수복과 복학의 기념비였다.

2010년 9월 28일은 수복 60주년이었다. 광화문 광장에서는 백발의 나이 많은 퇴역 군인들이 참가해 기념행사가 크게 벌어졌다. 그런 터에 이젠 연로한 그날의 피란민들 또한 그날의 수복을 각자 마음속으로 기념했을 것 같다. 그건 여간 큰 경사가 아니었기 때문이다.

난생처음 탄 월급

무슨 일이든 그게 웬만한 것일 때, 그 처음은 대단한 것이 되기 마련이다. "첫딸은 살림 밑천"이라고 했다. "첫 단추를 잘못 끼우다"라는 속담도 있다. 최초가 갖는 단단한 의미가 이 말들에 어려 있다. 사랑도 첫사랑은 영원하다고들 했다.

그러기에 '첫' 자가 붙은 말은 거의가 다, 독립된 단어로서 사전에 따로 실려 있다. 첫걸음, 첫길을 비롯해서 첫나들이, 첫날밤, 첫돌, 첫마디, 첫말, 첫물, 첫봄, 첫수, 첫정, 첫판……

자주 쓰이는 것만 골라보아도 이렇게 수두룩하다. 사전에 올라 있는 낱말만 해도 스무 가지가 넘는다. 모두 요긴하게 쓰이는 것들이다. 그중에서도 굳이 하나만 고르라고 하면 나로서는 '첫날밤'을 내세우고 싶다.

누구나 알다시피, '첫날밤'은 신혼 초야다. 신랑 신부가 낮 동안 혼례를 치르고 난, 바로 그날의 밤이다. 거기에는 각별한 까다로운 절차가 따르게 되어 있었다. 그저 이부자리 깔고 잠자리 같이 하는 정도가 아니다. 요식(要式)이라고 해도 좋을 수속을 밟아야 한다.

신랑이 먼저 신방에 들어가서 신부를 기다린다. 혼례를 치른 곳도 신부 집이고 신방도 신부 집이다. 해서 신부가 주인으로서 신랑을 대접하는 게 옳을 것이다. 한데도 신방에서는 신랑이 신부를 맞이하게 되어 있었다.

신랑이 기다리고 있는 신방에 드디어 신부가 들어선다. 한데 신부는 신랑을 등지고 돌아앉는다. 그러면 신랑도 돌아앉게 되어 있다. 이제 그야말로 마음도 하나고 몸도 하나이기 마련인데 둘은 서로를 짐짓 외면하고는 등지고 앉는다. 등졌다가 맞대면 하는 것으로 둘의 하나 되기가 더한층 단단해진다고들 믿었던 셈이다.

그런 다음 비로소 서로 마주 보고 앉는다. 그럴 때, 신랑이 도와서 신부를 맞보고 앉게 한다. 은밀한 방에서 둘은 비로소 맞대면하게 된다. 그리고 난 다음 신랑이 가벼운 입김으로 촛불을 끄고 첫날밤이 시작된다.

첫날밤은 이렇게 미리 정해진 대로 절차를 거쳐 나가게 되어 있다. 그러기에 첫날밤만큼 '첫'의 의미, 처음의 구실을 강조하고 있는 것이 따로 있을 것 같지 않다.

그러나 비록 서로 정도는 다르다고 해도 거의 모든 처음은, 그리고 시작은 '첫날밤'에 버금할 만큼 뜻깊고 구실도 큰 편이다. 내가 내 생애 최초의 월급을 반세기에 더해서 20년이 지난 오늘날까지 마음에 아로새기고 있는 것도 그 때문일 것이다.

6·25 전쟁이 터지고 대학들도 부산으로 피란을 갔다. 나는 그 피란 대학을 3년 동안 다녔다. 그 형편은 여간 어려운 게 아니었다. 학교 당국과 교수들은 정성을 다해서 학생들을 위해 이바지했지만 천막으로 지은 임시 교사라서 그랬을까, 학사 진행은 엉성하기 그지없었다. 그래도 그럭저럭 3년이 지나갔다. 6·25 전쟁이 터지던 그해 늦은 봄에 입학한 탓에 나는 당연히 3학년이 되어 있었다.

가을 학기 들어서서 얼마쯤 지났을 때였다. 그때까지 가끔 잔일을 거들던 M출판사에서 청이 들어왔다. 새로 영한사전을 만들까 하는데 도와달라는 것이었다. 대학 강의에 출석하면서 아르바이트하듯이 일하면 된다고 했다. 대우도 매우 후하게 하겠다고 말을 덧붙였다. 내세우는 조건이 하도 좋아서 나는 기꺼이 응하기로 했다. 그래서 대학 3학년 학생이 난데없이 출판사 정식 사원이 되었던 것이다.

1953년 그 당시만 해도 우리말로 풀이된 영한사전은 없었다. 누구나 일본말로 된 일영사전을 활용하고 있었다. 영한사전이 출판되면 그것은 국내 최초라는 영예를 누리게 되어 있었다.

영일사전 몇 가지, 영영사전 두어 가지 등을 참고자료로 삼아서 우리 대학생 신출내기 사원들은 일에 열중했다. 신입사원들은 같은 대학에서 이미 얼굴이 익어 있는 축까지 포함해 모두 열 사람이었다. 다들 새로 얻은 아르바이트이자 직업이 영어 공부도 겸하게 된 것은 여간 다행한 일이 아니라고 좋아했다. 돈 벌고 공부하고 그야말로 일석이조였다.

그러나 일이 쉽지는 않았다. 국내 유일의 '영한 콘사이스 (concise)'를 만드는 일은 여간 어려운 게 아니었다(그 사전은 여전히 또 다른 M사에서 출간되고 있다). 한 사람이 작성한 원고를 다른 두 사람이 감수하게 되어 있었다. 누가 작성하고 누가 감수하도록 따로 정해진 것이 아니었다. 서로 돌아가면서 하게 되어 있었다.

가령 A가 작성한 원고를 B와 C가 감수하자면 교정을 보고 수정을 가하고 하지 않을 수 없었다. 그래서 격론이 벌어지고 그게 그만 자존심을 건 말싸움이 되기도 했다.

사무실 안은 거의 늘 옥신각신으로 싸움터 같았다. 일은 더한층 힘들고 고되었다. 그래서 다들 지치고 싫증을 내고 있는 판에 아니 이게 뭐람? 각자의 책상 위에 서무과 직원이 봉투를 하나씩 놓는 게 아닌가. 뭘까? 다들 궁금해하는데 그 직원이 소리쳤다.

"첫 월급입니다."

그건 생애 최초의 월급이었다. 아르바이트 치고는 매우 두툼했던 그 첫 월급봉투! 대학 등록금을 내고도 남는 액수였다. 아니 그보다 두어 배는 더 될 돈이었다.

우리는 그 봉투를 품에 품고 다들 가슴 벅차게 새삼 일에 열중

했다. 그것은 첫날밤과 함께 잊히지 않는 나의 '처음'으로서 가슴
에 깊이 간직되어 있다.

3부

목숨의 갈무리,
삶의 마무리

시작은 끝을 품는 것
첫발 내딛기는 끝 발 내딛는 것
삶은 오직 그 사이

가다듬는 사연마다 상처가 번지고
되새기는 대목마다 풍파가 일면
한 목숨 돌아앉아서
다만 고개 숙일 뿐

교사로 부임한 그 첫날

교직(敎職), 그것은 그야말로 나의 천직(天職)이다. 하늘이 내린 직종이고, 타고난 직종일지도 모른다. 문자 그대로 생업(生業)일 것이다.

모르긴 해도 교직 아닌 그 어떤 다른 직종에도 나는 스스로 적응하지 못했을 것이다. 남들이 좋아하고 귀하게 여기는 어떤 다른 직종도 내게는 명실(名實) 더불어서 남의 일이었다. 부러워하거나 넘겨다보거나 하는 일은 정말이지 단 한 번도 없었다. 단 한 순간도 없었다.

물론 교직에 시달리기도 했다. 고통도 겪었다. 심지어 이따금

회의(懷疑)에 빠져들기도 했다. 방황도 하고 준순(浚巡)도 했다. 그러나 그것들은 내가 골라잡은 그 직종에 대한 것은 아니었다. 그것에 잘 적응하지 못하고 있는 내 자신에 관한 것이었다.

'내가 왜 이 모양일까? 스스로 즐겨서 택한 일인데 어쩌자고 이 꼴일까?'

그런 생각에 더러더러 사로잡히기도 했다. '모처럼 주어진 직종에 내가 왜 이 모양이지?' 하는 물음이 힘겹고 고통스러웠던 것이다. 그래서 스스로 담금질하고 채찍질하곤 했다. 그러나 필경에는 스스로 다그쳐서 제 길로 다시 돌아들곤 했다. 그러자니 자책감에 시달리면서 괴로워하기도 했다.

대학을 갓 졸업한 바로 그해, 스물세 살의 나이로 중고등학교 교사를 시작했다. 아니 요행으로 시작할 수가 있었다. 나는 아주 드물게 일곱 살의 나이로 초등학교에 입학한 까닭에 남보다 한두 살 적은 나이로 대학을 마칠 수 있었기 때문이다.

중고등학교에서 3년 동안 근무했다. 그러나 대학원 석사 과정을 마치면서 대학으로 옮겼다. 그러고는 장장 47년을 근무했다.

중고등학교와 대학에 걸쳐서 자그마치 50년을 꼬박 교직에 몸 바친 것이다. 대학 전임을 마쳤을 때 내 나이는 73세였다.

정부에서 정해놓은 정년 기한을 8년이나 넘기며 같은 직종에 전임으로 종사했다. "십 년이면 강산도 변한다"고 하는데 반세기의 50년이라니, 강산이 다섯 번이나 변하는 길고 긴 까마득한 세월이다.

중고등학교는 한 군데였지만 대학은 몇 곳을 옮겨 다녔다. 대전의 충남대학을 위시해서 서강대학 그리고 김해의 인제대학, 또 대구의 계명대학, 해서 네 군데의 대학에서 전임 교수 노릇을 맡아 했다. 서강대학에는 자그마치 29년간 봉직했다. 그 뒤 두 군데의 대학을 옮겨 다녔는데도 서강대학에서는 나를 명예교수로 복직시켜주는 은혜를 베풀었다.

한데 50년에 걸친 교직 생활의 시작은 앞에서 이미 지적된 바와 같이 중고등학교에서 치러졌다. 대학을 갓 졸업하기도 전에 중앙학원에서 대학의 주임 교수에게 청탁이 왔었다. 졸업생 하나를 골라서 교원으로 쓰겠다는 것이었다. 그렇게 나는 서울의 명문 사립교인 중앙중고등학교로 부임하게 되었다.

부임하기 전, 교장에게서 봄의 새 학기가 시작되기 전에 학교로 와서 교장실에 들르라는 전갈이 왔다.

교장은 그 자리에서 다음과 같이 말했다.

"김 선생, 부임하는 첫날 택시를 타고 오시오 수위가 정문 앞에서 기다리고 있다가 택시 요금을 물 것이오 첫 출근은 마차 말고 택시로 하세요"

당시 서울 시내에는 전차나 버스 말고 마차가 손님을 태우고 거리를 누비며 다니고 있었다. 그게 조금은 고급의 대중교통 기관이었다. 택시는 아주 귀했다. 그래서 내가 물었다.

"제가 왜 첫 출근에 택시를 타고 와야 합니까?"

위낙 인덕이 높고 점잖던 교장은 천천히 타이르듯 대답했다.

"선생은 모심을 받는 귀한 직종입니다. 첫 출근에 버스나 마차 같은 것을 타고 오시게 할 수는 없지요 그래서 모심을 받는 분답게 택시를 타시라는 것입니다."

그러면서 자신의 첫 출근에 관한 일화를 들려주었다. 그의 첫 출근은 이사장이 보낸 자가용 승용차로 했다는 것이다. 당시 중앙고등학교 이사장은 나중에 부통령을 지내기도 한 김성수 씨였는데, 바로 그분이 자신의 자가용을 초임 교사의 집까지 보냈더라는 것이다.

그런 사연을 들려준 다음, 교장은 다시 말을 이었다.

"한데 나는 초임 선생을 모시고 싶어도 자가용이 없습니다. 그래서 마지못해 첫 부임하시는 김 선생더러 택시나마 타고 오라고 하는 것입니다."

나는 가슴이 찡해왔다.

'아, 교직이란 그런 것이던가?' 하고 스스로 긍지에 넘쳤다. 감격스럽기도 했다.

날짜도 기억하고 있다. 3월 2일, 첫 출근하는 나는 택시를 탔다. 성북동 하숙집에서 계동 골목 꼭대기의 학교까지, 그 먼 길을 택시를 타고서 갔다.

학교 정문 앞에 택시가 섰다. 기다리고 있던 수위 아저씨가 즉
각 택시 요금을 물었다. 초임 교사는 발걸음도 당당히 교문 안으
로 들어섰다. 그 발걸음은 그 뒤 50년 동안 교직에 대한 드높은
긍지로 내내 이어져 갔다.

연좌제의 사슬에 묶여서(1)

나는 우리 집안 사정으로 이른
바 좌우익의 갈등을 호되게 겪었다. 좌파의 아들로서 여간 혼난
게 아니다.

8·15 해방 직후부터 시작해서 6·25 전쟁이 끝나기까지, 남
한 안에서 자유주의 진영과 공산주의 무리가 정치적으로 또 사
회적, 문화적으로 옥신각신하고 있던 게 좌우익 갈등이다. 그 당
시는 온 나라 안이 좌와 우로 갈려 대결하고 있었다.

나의 아버지는 남로당 당원이었다. 내가 중학교를 다니고 있
던 그 즈음에 이미 그랬던 모양이다. 그 당시 자유 진영에서 일컫

는 대로 하면 나의 아버지는 '빨갱이'였던 것이다. 물론 처음엔 몰랐다. 아버지가 경찰에 검거되는 사건이 터지고 나서야 겨우 알게 되었다. 고등학교 2학년 때였다.

아버지가 왜 남로당에 가입해서 공산주의자가 되었는지, 그 무렵의 나로서는 알 수가 없었다. 일제 시대 부산의 번화가에서 점원들을 몇 사람이나 데리고 큰 가게를 운영하며 동생들을 일본의 대학에 유학시킨 분이다. 상식적으로는 공산주의자가 될 분이 아니었다.

아버지는 취미도 호화판이었다. 엔진보트(엔진으로 달리는 보트)를 사들여서 먼바다로 낚시를 다니기도 했다. 낚아온 생선을 손수 회를 쳐서 식구들의 입을 즐겁게 해주기도 했다.

그뿐만 아니다. 어린 아들과 딸을 유치원에 다니게 한 분이다. 내가 꼬맹이 시절, 부산의 온 서부에 유치원은 단 하나뿐이었다. 누구나 다닐 수 있는 게 아니었다. 좌익의 말버릇대로 하자면 '부르주와' 집안이 아니고는 언감생심이었다. 이러나저러나 집안 사정으로는 좌익이 될 분이 아니었다.

동기야 어떻든지 간에, 남로당 당원이 된 아버지는 북한 가까운 곳에 있는 이른바 아지트의 책임자였다고 한다. 진작 월북해서 북한에서 활동을 하다가 남파되었다고 했다. 알짜 '빨갱이'였던 셈이다.

그게 수사 당국에 들통이 나고 붙잡히자 파장은 온 가족에게 미쳤다. 세 분 숙부들이 일단 체포되어서 조사를 받았다. 직접 연루된 혐의를 벗으면서 다들 무죄로 풀려나긴 했지만, 사건이 터진 그 당시로는 여간 큰 변을 당한 게 아니었다.

고등학교 2학년이던 나마저도 경찰서에 불려갔다. 반나절이 넘게 조사를 받고는 가까스로 풀려났지만, 경찰서가 그렇게 무서운 곳이란 것을 처음으로 똑똑히 실감할 수 있었다. '빨갱이 아들'로서 혼벼락을 맞았다.

한데 그 한참 뒤에 경찰에 다시 불려갔다. 체포된 아버지가 강원도 고성에서 탈출했다고 했다. 보나마나 또다시 월북했을 테지만 일단은 가족을 조사한다고 했다.

그런 다음으로는 잠잠했다. 고등학교 졸업하고 대학과 대학원을 마칠 때까지도 그랬다. 심지어 고등학교 교사가 되고 지방 국립대학의 교수가 되고 하는 데에도 아무 말썽이 없었다.

모르긴 해도 이때까지만 해도 소위 '연좌제'가 없었던 모양이다. 집안에 좌익이 있으면 그 가족이 공공기관에 취직하게 되면서 받게 되어 있는 신원(신분) 조사에서 불이익을 당하게 되는 것을 연좌제라고 했다. 죄를 저지른 당사자의 온 가족이 형벌을 받는 것을 조선 시대에 이미 '연좌'라고 했다.

하지만 그걸로 모든 게 끝난 것은 아니었다. 서강대학 전임 교수가 되고 한참 후, 그 당시 치안국 특정과라고 하던 기관에 불려 갔다. 남대문 근처의 웬 골목 안 구석진 곳이었다.

무시무시한 분위기 속에서 호되게 조사를 받았다. 최근에 아버지와 무슨 연락이 있었으면 대라고 했다. 아버지가 아주 최근에 강원도 북녘의 아지트에 들렀다가 다시 월북한 행적이 잡혔다고 했다. 가족끼리 연락이 없었을 턱이 없지 않느냐면서 불호령을 했다.

이렇게 우리 집 '빨갱이'로 해서 정말이지 집안에 풍파가 잘 날이 없다시피 했다. 그러나 용케도 서강대학 전임 교수직은 그대로 지켜졌다. 북한에서라면 소위 반동의 아들이 대학교수를 한다는 것은 어림도 없는 일임을 생각하면, 나는 그 당시 우리 정부의 은덕을 입은 셈이다. 그것도 자유주의 국가, 민주 국가의 보람이라고 나는 고마워하기도 했었다.

그렇게 오랜 세월이 지나갔다. 서강대학에 재직한 지도 20년이 넘게 되었다. 그런 중에 모교인 서울대학에서 나를 데려가고자 했다. 전임 자리가 바뀌게 된 것이다. 재직 중인 서강대학에 사의를 표명했다. 학교 당국에서는 극구 말리고 들었다. 미국인 신부인 총장과 교무처장이 적극적으로 만류했다.

교무처장은 나더러 서강대학을 사랑하느냐고 했다. 내가 물론이라고 하자, 그가 다그치듯 말했다.

"그러고도 다른 대학으로 옮겨 가다니요"

그런 판에 나하고 아주 친한 교수 한 사람이 나를 보자고 했다. 학생처장을 맡고 있던 그는 단호하게 말했다.

"당신 절대로 이 학교 그만두지 못해!"

왜냐고 묻는 나에게 그는 소상하게 사유를 일러주었다.
근 20여 년 동안 경찰이 나 때문에 학교 당국자를 찾아왔다고 했다. 학교 안에서의 나의 행적을 조사하기 위해서였다고 한다. 심지어 나의 아버지와 관련된 연좌제를 내세우면서 내게 사표를 받으라고 강요했다는 것이다. 한두 번 그런 게 아니라고 했다. 끈질기게 그랬었다는 것이다.

한데도 미국인 신부인 총장과 교무처장은 경찰의 요구를 거부했다고 한다. 나와 내 아버지 사이의 일은 한 집안의 사생활이라는 것을 내세우더라는 것이다. 더구나 문제된 나 자신은 절대로 공산주의에 물들 사람이 아님을 확신한다고 주장했다는 것이다.

이런 기막힌 사연을 들려준 친구 교수는 육중하게 말했다.

"그런데 어딜 딴 대학으로 가겠다는 거냐? 그건 배은망덕이야."

나는 할 말이 없었다. 그렇게 경찰과 말썽을 빚으면서도 내게는 그런 사연은커녕 눈치도 보인 적이 없는 학교 당국자의 배려가 내 가슴을 쳤다. 나는 눈물이 핑 돌았다. 총장과 교무처장을 찾아가서는 엎드려 사과했다. 그 동안에 학교 당국이 그렇게 크게 나를 지켜준 것을 모르고 있었던 죄를 용서해달라고 싹싹 빌기도 했다. 그렇게 나는 '서강인'이 되었고, 지금도 명예 교수의 자리를 지키고 있다.

연좌제의 사슬에 묶여서(2)

'연좌제', 나로서는 여간 끔찍한 말이 아니다. 토악질이 난다.

그건 눈에 안 보이게 전신을, 온 마음을 옥죄고 드는 가시고 쇠사슬 같은 것이었다. 지겹고 무섭기 이를 데 없는 것이었다. 그 생각만 해도 식은땀이 난다. 내가 스스로 저주스럽기도 하다.

연좌제는 한자로는 '連坐制'라고 쓴다. '연'은 연계(連繫)의 연이고 연루(連累)의 연으로, '여럿이 서로 연달아서 엮이고 얽히고 한다'는 뜻이다. '좌'는 보통은 좌(座)와 다를 바 없이, '앉을 좌' 또는 '자리 좌'라고 읽지만 다르게는 '죄입을 좌'라고 읽기도 한다.

'좌죄(坐罪)'라면 죄를 받는다는 것을 의미한다. 그래서 '연'과 합쳐져 '연좌죄'가 되면, '같은 죄에 여러 사람이 줄줄이 말려드는 것'을 가리키게 된다. 여러 사람이 한 오랏줄에 묶이는 것이다.

조선 왕조 시대의 연좌제는 극악했다. 가령 역적으로 몰리면 삼족, 이를테면 친가, 외가, 처가의 가족들이 모두 죄인으로 몰렸다. "삼족을 멸한다"는 게 바로 그것이다.

유교를 국시로 삼은 조선 왕조에서는 국가가 나서서 이따위 반인간적인 악랄한 죄를 공적으로 저질렀다. 백성들의 죄를 다스리면서 국가가 흉악한 죄를 저질렀던 것이다.

그런데 그 같은 흉악한 연좌제가 현대에도 국가 제도로 발악을 했다. 이른바 자유당 시대에 그랬다. 그것도 다른 범죄가 아닌 '반공법 위반'에 걸려든 범죄의 경우 그랬다. 그러니 그 당시의 한국은 조선 왕조 시대와 별로 다를 게 없었던 셈이다. 나는 조선 시대에 역적으로 연좌제에 옭매인 사람들과 비슷하게 연좌제를 겪어야 했다.

1960년대 초반이다. 나는 그 당시 치안국의 특정과라는 데로부터 호출을 당했다. 잡혀가는 게 아님을 그나마 다행으로 여기고 출두했다. 서울 남대문 근처의 웬 깊숙한 골목 안에 자리 잡은, 여느 민가와 다를 것 없는 평범한 건물 안이었다.

자그마한 방에 책상을 사이에 놓고 담당 경찰관과 마주 앉았다. 그는 자신의 직함을 대면서 경위고 이 씨라고 했다. 아버지 때문에 불렀다고 하면서 "마지막으로 헤어진 게 언제냐?", "근자에 무슨 연락 없었느냐?" 등등 꼬치꼬치 캐물어대더니, 나 혼자 남겨놓고 방을 나갔다. 그러더니 한참 만에 다른 경찰관이 들어왔다. 앞서와 꼭 같은 질문을 하는 게 나는 지겨웠다. 나도 같은 대답을 되풀이했다.

진술을 두 번이나 하게 강요한 것은 모르긴 해도 내가 반복한 진술에 서로 어긋남이 없는가를 따지기 위해서라고 짐작되었다. 그러더니 마지막으로 내가 진술한 말에 허위가 없음을 문서로 서약하라고 했다. 그러고도 쉽게 돌려보내 주지 않았다. 나 혼자 내버려두었다.

가뜩이나 흰 벽의 좁다란 방은 백열등으로 이글댔다. 온몸으로 그 눈부신 불빛을 받아내야 했다. 그것도 여간 긴 시간이 아니었다. 초저녁부터 통금 시간 직전의 야밤중까지 그래야 했다. 온 세상에 나 혼자 남겨진 것 같은 기분에 사로잡혀 있는데 누가 들어오더니 집으로 가도 좋다고 했다.

깔고 앉았던 딱딱한 나무 의자에서 일어서려는데 엉덩이가 의자에서 떨어지질 않았다. 공교롭게 앓고 있던 치질이 심하게 잘못되어서 피가 터져 옷 위로 번져서 의자에 달라붙은 탓이었다. 피는 허벅지까지 얼룩져 있었다.

비참했다. 몰골이 말이 아니었다. 아무런 죄가 없는 선량한 시민인데도 그렇게 아랫도리가 피투성이가 되도록 고초를 당한 것이 억울했다. 나는 간접적으로 고문당한 것이나 다를 것 없다고 투덜댔다.

그런 일이 자그마치 세 차례나 반복되었다. 불려가고 또 불려가기를 거듭해야 했다. 세 번째 불려간 날, 조사 받던 중에 내가 견디다 못해 대들었다.

"아무리 우리 아버지 때문이라지만, 죄라고는 추호도 없는 아들을 피의자 삼아서 괴롭히는 게 말이나 되느냐. 명색이 교수로서 자유주의를 신봉하고 공산주의를 혐오하기로는 당신들보다 더하면 더하지 못할 것 없는데도……."

나는 그렇게 책상을 치면서 항변했다. 지금 생각해도 나 같은 겁 많은 약골이 어쩌자고 그런 대담한 짓을 저지를 수 있었던 것인지 알 수가 없다. 발악 같은 것이었을까?

아무튼 내 고함 소리가 좁은 방 안을 울리자 담당관이 움칫 몸을 사렸다. 표정이 굳어졌다. 그 때문이었을까? 그날은 그걸로 심문이 끝나고 나는 풀려날 수 있었다.

그러고는 한동안 잠잠했다. 그러다가 추석을 하루 앞둔 밤에 뜻밖에 나를 담당하던 치안국의 바로 그 이 모 경위가 느닷없이 우리 집을 찾아왔다.

나는 또 무슨 사건인가 하고 겁부터 먼저 먹었다.

"왜 나를 안 부르고 직접 오셨나요? 이번엔 무슨 일이죠?"

떨리는 목소리로 물었다.

"조금 있으면 알게 될 겁니다."

의아해하는 나를 달래듯이 그는 말했다.

그는 응접실에 나와 마주 앉아서는 이것저것 잡담을 늘어놓았

지만, 나는 그게 제대로 들리지 않았다. 궁금증이 더할수록 마음
은 겁에 질려 있었다. 그렇게 무거운 분위기가 쌓이는 가운데 한
동안 시간이 지나갔다.

한참 뒤였다. 지역 경찰서에서 왔다면서 형사들이 둘씩이나
들이닥쳤다. 나의 아버지 때문에 사찰을 하러 온 것이라고 했다.
눈을 부라렸다. 그러자 이 경위가 나섰다. 자기 신분을 밝히면서
형사에게 말을 걸었다.

"이 집은 내 소관이오 내가 알아서 할 테니, 당신들은 그냥 돌
아가시오"

두 형사가 말없이 나가는 걸 보고 나는 뭐가 뭔지 영문을 알
수가 없었다. 뜨악해 있는 나에게 이 경위가 말을 건넸다.

"이제 아시겠죠 오늘 내가 왜 왔는지."

그러고는 말을 이었다. 추석 같은 명절에는 사전에 김 교수같
이 연좌제로 말썽이 있는 사람들을 경찰이 직접 조사하게 되어

있기에 혹시나 해서 일부러 찾아왔다고 했다. 왜 그가 나를 이토록 돌보아주는 걸까? 믿을 수가 없었다. 내가 의아해하고 있는 것을 알아차린 이 경위가 말했다.

"그 전에 교수께서 당당히 항변하고 대든 것에 크게 감동을 받았습니다. 이제부턴 제가 지켜드릴 것입니다."

나는 그때서야 비로소 포도주를 내다가 그를 대접했다. 큰절까지 하면서 융숭하게 접대했다. 아니 모셔 받들었다.

그해 추석에는 달이 유달리 우리 집 뜰을 밝게 비추어주었다.

김일성대학 교수를 만나다

그게 1989년의 일이다. 남북한 사이가 삼엄하게 꽉꽉 막히고 닫혀 있던, 그 당시의 일이다. 나는 유럽에서 북한의 교수를 만났다.

그 무렵은 남북한의 주민이 왕래하는 것은 물론, 해외에서 서로 만나는 것도 절대적인 금기였다. 분단의 벽이 태산 같았고 반공법이 시퍼렇게 살아 있었기 때문이다.

한데 그런 금단(禁斷)과 금기(禁忌)에도 불구하고 나는 북의 교수를 둘씩이나 만났다. 유럽한국학회(AKSE)가 주관하는 학술모임에서였다. 나는 그 당시 한국학술진흥재단의 해외부 이사

노릇을 하고 있었는데, 그 덕에 해외 출장이 비교적 잦았고 학회 참가도 당연히 가능했다.

유럽한국학회는 1977년에 프랑스, 영국과 독일 등지에서 한국학을 전공하던 한국인 교수들과 서구인 교수들이 모여서 결성한 것이다. 이탈리아 학자는 단 한 사람 있었는데, 그는 아시아학을 전공하는 것에 겸해서 한국학에 관심을 두고 있었다.

회원이라고는 모두 합해 사십여 명으로 인원수는 미미했지만, 그 구실이며 의의는 여간 소중한 게 아니었다. 지금과는 달라서 유럽에서조차 '코리아'라고 하면 그게 어디에 있는 나라냐고 묻는 사람이 적지 않았다.

그런 터라 한국학에 주어진 관심은 미미했다. 한데 그럴수록 한국학에 이바지하는 학자들로 구성된 한국학회는 더욱 단단했다. 그들은 한결같이 한국학이 장차 떨치고 일어설 단서며 계기를 마련하는 데 정성을 쏟고 있었다. 한국학술진흥재단도 그들을 후원하는 데 큰 비중을 두고 있었던 탓에 나는 여러 차례 그 모임에 출장을 갔었다.

파리와 리옹 그리고 본 등지의 모임에 참석한 뒤를 이어서 1989년의 런던 모임에 참석한 것인데 논문 발표는 하지 않았다.

유럽한국학회를 경제적으로 지원하고 있는 한국학술진흥재단을 대표해서 인사치레로 갔던 것이다. 그 점은 런던 모임에서도 마찬가지였다.

그때 유럽한국학회에서 북한의 그 방면 교수들을 처음으로 초청해 나도 그들과 상면할 수 있었다. 내가 알기로는 남한의 교수와 북한의 교수가 해외에서 개최된 학술 모임에 함께 참여한 것은 그게 처음이었다. 그야말로 역사적이고 극적인 만남이었던 것이다.

그랬기에 모임에서 내 가슴은 설레고 있었다. 지금은 이름은 잊어버린 김 모 교수와 정 모 교수를 직접 면대했을 때는 그야말로 긴가민가했다. 정 모는 김일성대학 교수였고, 김 모는 과학원 교수였다.

귀국한 뒤에야 알게 된 것이지만 김 모 교수는 서울사범대학 재학 당시, 소위 '국대안 반대'의 주모자 중 한 사람이었다. 해방 직후 한동안, 일정(日政)의 총독부 시대의 뒤를 이어서 단과대학별로 따로따로 갈라져 있던 '서울' 자 붙은 관립 대학들을 하나의 종합대학으로 합쳐서 국립서울대학교를 만들자는 것이 '국대안(國大案)'이었다. 그걸 못 받아들이겠다고 좌익 학생들이 반대하고 나서면서 내세운 기치가 '국대안 반대'다. 김 교수는 그 반대의 앞장을 섰다가 이내 월북했다는 것이다.

그 후 김일성대학을 마치고 그 대학의 교수를 지내다가 뒤에 과학원의 교수로 옮긴 것이라고 했다. 골수 좌익분자였던 셈이다. 보나마나 남로당원이었을 그가 숙청의 칼바람을 피해 오히려 영전을 한 것만 보아도 그것을 알 수가 있었다.

이렇듯이 김 모는 소위 인민공화국의 최고 엘리트 교수였던 셈인데, 정 모 역시 마찬가지로 『조선문학통사』의 저자 중 한 사람이다. 그런 두 교수의 눈에 남조선의 미국인 신부들이 경영하는 대학의 교수가 어떻게 비쳤을까? 그야말로 반동 중의 반동으로 여겨졌을 것 같다.

한데 그 반동이 반동답게 기겁하고 놀랄 일이 벌어졌다. 그들이 자기의 논문을 소개하면서 그 논문은 '위대한 지도자, 김일성 주석의 교시에 따를 것'이라고 했다.

"아니 이게 무슨 소리?"

얼떨떨해진 내가 얼결에 물었다.

"인민공화국에서는 어느 교수 논문이나 그렇습니까?"

"그야 당연하죠."

둘은 입을 맞춘 듯이 소리 높여서 당당히 대답했다.

"그럼 논문 주제도요?"

나는 다그쳤다.

"물론, 물으나마나."

그들은 뻐기듯 가슴을 펴면서 맞받았다.

더는 할 말을 잊은 나를, 두 교수 옆에 앉은 그들의 동행이 괴이쩍다는 듯이 지켜보았다. 그 눈길이 얼마나 매서운지 나는 낯이 따가웠다. 나중에 안 일이지만, 그 사내는 두 교수를 감시하기 위해서 북한의 특수기관에서 딸려 보낸 요원(要員)이라고 했다.

정신을 차린 나는 타이르듯이 그들에게 입을 열었다.

"우리 아버지는 일찍이 남로당 요원으로 월북했습니다. 남한으로서는 금기 인물이죠 한데도 남한 정부는 그 아들을 당신들과 만나는 모임에 참석하게 내버려두었소. 내가 당신네 만나서 무슨 소리를 하건, 무슨 의견을 말하건, 그건 내 생각대로 내가 알아서 하면 그뿐이오."

특수 요원이 눈을 부라렸다. 두 교수도 마찬가지였다.

우리는 서로 입을 닫았다. 우리들의 모처럼의 남북 회동은 이래서 결렬되었다. 무릎을 맞대다시피 하고는 마주 앉았지만, 분단의 벽은 엄청 높았다.

보스턴 심포니홀에서

　　　　　나의 첫 미국 나들이는 1968년, 하와이대학에서 주관한 학술 모임에 불려 간 것이 처음이었다. 난생 처음인 해외 나들이라 그 자체로도 감명 깊었지만, 한국 문화를 일본과 중국의 것에 견주어서 그 개성을 말하게 된 것이 여간 뜻깊은 게 아니었다.

　그 후 2년 뒤, '객원 교수'라는 명분으로 하버드대학에 간 것이 두 번째 미국 나들이였다. 한국, 일본, 중국, 세 나라의 문화 연구에 중점을 둔 '하버드 연경 학회(하버드 옌칭 연구소, Harvard - Yenchin Institute)'에 소속되어서 꼬박 한 해를 케임브리지에서 보냈다.

청강생으로 강의도 들으면서 열심히 공부하고 연구했다. 틈틈이 케임브리지 시내는 물론이고 보스턴까지 나다니면서 박물관이며 미술관도 단골로 찾아다녔다. 그 무렵 우리나라에는 그런 시설이 단 한 곳도 없었기에 굶주린 문화적 욕구를 게걸스럽게 채우기 바빴다.

보스턴 미술관에서 윌리엄 터너의 <난파선>을 보았을 때, 내 가슴은 폭풍에 휘말린 바다마냥 요동쳤다. 폴 고갱의 <우리는 어디서 왔으며, 우리는 무엇이며, 어디로 가는가> 앞에서는, 그 작품이 내걸고 있는 물음을 내게 던지기도 했다. 앤드루 와이어스의 그 유명한 헬가의 누드화들을 보면서는 사실주의에 얹힌 여인의 알몸의 신비에 깊이 젖어들기도 했다. 그건 숙연하고 경건하기도 했다.

그런 중에도 보스턴 교향악단의 정기연주회의 회원이 된 것이 가장 신나는 일이었다. 그다지 많지 않던 봉급을 서슴없이 털어서 연간 회원권을 사게 된 것이 여간 뿌듯하지 않았다. 그 당시 국내에서 외국 교향악단의 생음악을 듣는다는 것은 가망 없는 일이었기에 격주로 정해놓고 감상하는 정기연주는 나의 '신천지'였다.

한데 그 보스턴 심포니홀에서 특별난 경험을 했다. 마침 친구가 워싱턴에서 찾아왔는데, 굳이 보스턴 교향악단의 연주를 듣고 싶다고 했다. 그것은 연간 회원권이 없으면 불가능한 일이었다. 당일 날 입장권을 따로 구한다는 것은 거의 가망 없는 일이었다. 정기회원이 나오지 못해서 생긴 빈자리, 꼭 그 수만큼 추가로 입장시켰기 때문이다.

그래도 혹시나 하고 그를 데리고 심포니홀로 갔다. 공교롭게도 나의 회원권에 맞춘 금요일이었다. 그의 표만 구하면 둘이서 함께 들어갈 수가 있었다.

홀의 정문에 들어서는데 누군가가 계단 위에서 입장권을 흔들어대고 있는 게 용케 눈에 들었다. "티켓이 필요한 사람!" 하고 소리치고 있는 그 미국인 청년에게로 바싹 다가가서 손을 내밀었다. 날름 표를 건네주는 그에게 내가 물었다.

"값은?"

"그냥 드리는 거요."

229

그 대답을 의심쩍어하는 나에게 타이르듯이 그가 말했다.

"오늘 밤에 바쁜 일이 생겼지 뭐요. 그러나 표를 그냥 버릴 수는 없었소. 내 아파트가 이 근처라서 가지고 나온 것뿐이오."

"그래도 그냥은?"

"아니요. 이 표가 제 구실을 하게 해준 것이 고마울 따름이오."

그는 활달하게 말하고는 걸음을 재촉하다 말고 돌아보면서 소리쳤다.

"오늘 밤, 음악을 즐기시라고요."

그러는 그를 향해서 나는 높이 손을 들고 표를 흔들어 보았다.
표를 묵히기 아깝다고 해서 남들에게 주되, 그것도 일부러 현장까지 나와서 돈도 안 받고 주다니! 공짜 표를 얻은 나로서는 그게 음악에 대한 사랑이며 열정 탓일 거라고 생각하자 사뭇 가슴이 찡했다. 그날 밤의 연주는 그래서 더한층 큰 감동을 안겨주었다.

심포니홀은 또 다른 감동을 내게 선물했다. 그것도 정말이지 뜻밖의 감동이었다.

값이 싼 회원권이었기 때문에 홀 안에 정해진 내 자리는 초라했다. 2층의 왼쪽 구석, 교향악단의 전모가 보이지도 않았다. 내 오른편 옆자리는 웬 중년의 미국인 남성이 차지하고 앉았었다. 두어 차례의 연주를 감상하면서도 우리는 그저 어정쩡하게 남남으로 지냈다.

그게 쑥스러웠던지, 어느 날 연주의 전반부가 끝나고 잠깐 쉬는 틈에 그가 말을 건네 왔다. 자기를 신부라고 소개했다. 나는 한국에서 혼자 와서 하버드대학에서 동아시아 문화를 연구하고 있는 교수라고 자기소개를 했다.

"아, 그래서였군요. 으레 남녀가 쌍쌍으로 오기 마련인데, 내가 그렇듯이 당신도 늘 혼자서 오는 곡절을 이제야 알게 되었네요."

그 뒤 연주회 때마다 우리 독신의 사내들은 음악을 화제 삼아서 제법 대화를 주고받았다. 기한이 차서 귀국길에 유럽으로 갈

때, 그리그의 음악 때문에라도 노르웨이에 들를 계획이라고 하는 나를 위해 신부는 오슬로에 살고 있는 친구를 소개해주겠다고 말했다. 그만큼 어느 새엔가 서로 터놓고 지내게 된 셈이었다.

한데 최종 연주회에는 그가 보이지 않았다. 그에게 작별 인사도 하지 못한 채, 나는 귀국길에 오를 수밖에 없었다. 섭섭했지만 도리가 없었다. 그런데 한국에 돌아와서 이내 나는 뜻밖에 그의 편지를 받았다.

"마지막 연주회에는 급한 일로 가질 못했소 당신을 못 본 게 섭섭해서 하버드대학으로 찾아가서 언젠가 당신이 말한 하버드 연경 학회에서 당신이 소속된 한국의 대학 주소를 찾았소 그래서 편지를 띄우니 연락주기 바라오"

편지에 동봉된 다음 해 보스턴 교향악단의 연주 목차가 적힌 팸플릿에 나는 나도 모르게 입을 맞추었다. 서로 옆자리에 앉은 것뿐인, 그 별것도 아닌 인연을 소중하게 다듬어준 이국인의 정이 가슴을 울렸다.

미국에서 겪은 하고많은 문화적 충격

1970년이면 지금으로부터 자그마치 40년 전이다. 까마득한 세월 저 너머다. 그 당시의 한국인에게 미국은 여간 색다른 나라가 아니었다. 드보르자크가 아닌 내게도 '신세계'였다.

그런 미국에 갓 발을 들여놓은 신출내기에게 '문화적 충격'은 대단한 것이었다. 곳곳에서 이런저런 일에 자주 그런 충격을 받았다. 내가 일 년 넘게 살았던 케임브리지 시내의 보도를 걸으면서도 '아 저런!' 하고 감탄을 했다. 시민들이 좁은 보도를 걸으면서도 좌측통행의 원칙을 지키고 있는 것을 목격하고는 감회가 남달랐다. 남의 앞을 가로지르고 서로 부딪치고 하는 서울의 보도가 부끄럽게 느껴졌을 때, 나는 고개를 저었다.

보도에서의 문화적 충격은 이에 그치지 않았다. 같은 방향으로 뒤따르고 있는 사람이, 그의 앞에서 대화하며 가고 있는 사람들과 적당한 거리를 두고 걷고 있는 것이 눈에 들어왔다. 나중에 알게 된 것이지만 그런 경우에도 이른바 '프라이버시'가 지켜지고 있었던 것이다. 남의 대화를 본의 아니게 엿듣게 되는 것을 피하기 위한 행동이었다. 그렇게 앞뒤 사람 사이의 적당한 거리에도 시민윤리가 작용하고 있는 셈이다.

이야기는 이에 그치지 않는다. 문화적 충격은 어느 공공건물의 현관 안으로 들어서면서도 겪었다. 문 앞에 잘 차려입은 웬 할머니가 뒤에서 오는 나를 가로막다시피 하고 서 있었다. 앞서 들어가시라고 손짓을 했지만 소용없었다.

"애프터 유, 플리즈! 맴."

"고 어헤드 맴! 플리즈"

말을 건네도 소용없었다. 귀가 아주 멀었나 하고 궁리를 하고 있는데, 미국인 사내가 나타나서 문을 밀어서 열고는 손짓을 했다. 그러자 그때서야 노파가 안으로 들어가는 게 아닌가 말이다.

보나마나 그 노파는 내게 대놓고 소리 없이 이렇게 퉁을 주고 있었을 것 같았다.

"이 동양 녀석아! 네가 바로 뒤에 있는데, 이 귀하신 노인 숙녀가 손수 문 열고 들어가란 말이야. 어림없지!"

미국이 내게 안겨준 문화적 충격 가운데 가장 큰 것은 다름 아닌 돈이었다. 1970년 초인데도 미국에서는 이미 월급이 은행으로 들어가고, 내게는 내 이름이 찍힌 개인수표가 주어졌다. 그게 어디서나 통하는 게 신기했다. 가게에서, 식당에서 두루 통용되었다.

이것만이 아니었다. 돈에 관한 문화적 충격은 우체국에서도 받았다. 아파트의 월 임대료를 물기 위해서 우체국에 가서 줄을 섰다. 한참 만에 내 차례가 왔을 때 나는 막 은행에서 꺼내온 현찰을 내밀면서 이걸 등기로 해달라고 주문했다.

한데 담당직원이 거절했다. 뒤에서 기다리고 있는 사람들이 많은데 등기로 하자면 시간이 걸린다고 했다. 나는 어쩔 수 없이 현금을 봉투에 넣어서 보통 우편으로 아파트 주인에게 보낼 수밖에 없었다.

그 당시 한국에서는 상상도 못할 일이었다. 그런데 다행히도 탈 없이 도착했다는 통보를 받은 며칠 뒤, 다시 나는 우체국에 들를 일이 있었다.

그날은 한가했다. 요전의 그 담당 직원이 나를 보고 알은체를 했다. 그러면서 느닷없이 내게 "서부영화에 나오는 우편마차를 보았느냐"고 물었다. 내가 "물론" 하고 대답하자 "그런데도 당신의 돈이 들었다고, 요전에 등기로 해달라고 했던 것이냐"고 연거푸 물었다.

"그게 도대체 무슨 소리요?"

미심쩍어하는 나에게 그가 따지듯이 대답했다.

"우리 우편마차는 목숨을 걸고 돈이 든 우편물을 지켰소 그런

236

전통은 지금도 살아 있소. 한데 당신은 돈 몇 푼 들었다고 해서 우리 못 믿고는 등기로 해달라고 하지 않았소."

'존 웨인도 아니고 서부의 카우보이도 아닌데, 그걸 내가 알게 뭐야?'

그렇게 거꾸로 대들고 싶었지만 꿀꺽 참았다. 돈의 충격은 이로써 끝나지 않았다. 그건 내가 남달리 돈을 밝힌 탓으로만 끝날 이야기는 아니다.

일 년의 계약 기간을 채우고 한국으로 돌아오게 되었을 때, 내가 관계하고 있는 연구소의 사무실에서 납세필증을 떼어야 한다고 했다. 그래야 출국할 수 있다는 것이었다. 단, 주 정부 세금은 면제되어 있었으니 연방 정부 세금에 한해서만 납세필증을 받으라고 했다.

보스턴 시내에 있는 연방 정부 출장소로 갔다. 세무(稅務) 일을 보는 여직원 앞에 가서 용건을 말하니까, 서류를 한 장 던져주면서 "필 잇 업!"이라고 퉁명스레 말했다. 꼬박 채워서 적어 넣으라는 것이었다.

시킨 대로 했다. 그랬더니 그 여직원은 그 자리에서 당장 사인을 하더니 서류를 도로 내게 내밀었다. 관계된 문서하고 대조하지도 않은 채였다.

나는 어리둥절했다. 못 미더웠다.

"이게 다요?"

내가 묻자 그녀가 그렇다고 대답했다. 내가 다시 따지듯 말했다.

"관계된 서류하고 대조도 하고, 조사도 한 끝에 사인을 해야지. 그리고 이 부서의 상관들의 사인도 받아야지."

그녀는 나를 빤히 올려다보면서 퉁을 주듯이 말했다.

"당신 어느 나라에서 왔소? 당신 나라에서는 그렇게 하는 거요?"

그러고는 한마디 덧붙였다.

"내일 공항에서 이 서류로 말썽이 생기면 전화하시오. 잘 가시오."

다음 날 나는 미국의 일반 시민은 돈으로 거짓말을 하거나 남을 속이지 않는다는 가르침을 품고 한국행 비행기를 탔다.

아리랑, 교포들의 비극의 행적

나는 민속 답사를 한답시고 참 많이 돌아다녔다. 방방곡곡 농촌이나 산골 마을을 누비고 다녔다. 아리랑도 조사 대상으로는 큰 몫을 차지했었다.

그런 중에 MBC 방송사에서 창립기념으로 기획한 '아리랑 특집방송' 제작에 참여하게 되면서 아리랑 조사를 본격적으로 하기 시작했다. 여름 방학 내내 국내는 물론 외국 곳곳을 돌아다녔다. 구석구석 누비고 다녔다.

1937년 스탈린 정권에 의해 시베리아 동북부에서 이주를 강요당한 교포들을 찾아서 카자흐스탄과 우즈베키스탄까지도 갔었다. 그런가 하면 2차 세계대전 당시 일본 정부에 의해서 광산의 인부로 강제 징용당한 뒤, 전쟁이 끝난 뒤에는 소련 정부에 의해서 억류당한 교포들을 찾아서 사할린에도 갔다. 온 지구의 3분의 2 정도는 돌아친 셈이다.

그것은 나로서는 문자 그대로 고행이고 고생길이었다. 멀고 먼 이국땅에서 겪어야 했던 삶의 비극을 교포들이 아리랑에 실어 노래했을 때, 그 서러움이며 슬픔의 사연은 듣는 사람의 가슴을 비통하게 찢어지게 했기 때문이다.

이국 만 리 남의 땅에, 메마른 남의 땅에
목숨 붙여 살라니 눈물도 말랐네
아리랑 아리랑 아라리요 아리랑 고개를 넘어간다

이렇게 교포들은 그들 삶의 궤적을 아리랑으로 그려 보았다.

아리랑은 누구나 알다시피 우리의 대표적인 민요다. 굳이 한국의 민요 중 하나만을 고르라고 한다면 누구든 서슴없이 아리랑을 꼽을 것이다. 그 점은 해외 교포도 마찬가지였다.

두만강 건너 시베리아 땅에는 이미 대한제국 때부터 동포들의 이민이 시작되었다. 그 얼음의 땅에 가까스로 터전을 잡았다 싶었던 바로 그 무렵, 그들은 중앙아시아의 소련 땅으로 내쫓겨야 했다. 출발 하루 전에서야 통보를 받았다. 이삿짐을 제대로 챙기지도 못했다. 부랴부랴 보따리 두어 개 싸들고는 거지꼴로 기차에 실렸다. 객차가 아니었다. 짐 싣는 칸에 짐짝처럼 실려 갔다. 그런 꼴로 근 열흘을 중앙아시아까지 가야 했다. 물론 행방이 알려지지도 않았다.

잠자리는 말할 것도 없고 끼니조차 제대로 챙겨 먹지 못했다. 목이 타도 마실 물이 없었다. 어떻게 할 수가 없었다. 중도에 기차가 제법 오래 지체할 때를 틈타서 화톳불에 밥이라고 지어 먹는 게 다였다. 그야말로 번갯불에 콩 구워 먹는 꼴이었다.

그런 이야기를 하는 중에 어느 교포는 차마 믿을 수 없는 이야기를 했다. 기차가 시베리아 어느 외딴 허허벌판에 잠깐 섰다. 그 틈에 똥오줌을 누라는 것이었다. 사내들은 돌아선 채로 아무데서나 용변을 보았지만 여자들은 그럴 수가 없었다. 기차의 짐칸 사이의 비좁은 틈새에 몸을 숨기고 웅크려야 했다.

그런데 용변이 미처 끝나기도 전에 갑자기 기차가 출발할 줄이야! 아낙네며 처녀 몇이 그대로 기차 바퀴에 깔리고 말았다. 기차는 그 참극을 모른 척하고 제 갈 길을 서둘렀다고 했다.

그게 명색이 무산대중을 위하고 인민을 위한다는 소련 공산 정권이 한 짓이었다. 스탈린 독재가 저지른 만행이었다. 그것은 단적으로 인민 학살사건이었다.

오줌 누고 똥 누던 우리네 여인들

바퀴로 깔아 죽인 이민 열차여

아리랑 아리랑 아라리요

이야기를 하다 말고 교포는 이렇게 노래 부르면서 눈시울을 붉혔다.

한데 비참함은 이로써 끝난 게 아니었다. 며칠을 그런 꼴로 달린 끝에 기차는 드디어 종착지에 닿았다. 역도 역사도 없는 허허벌판이었다고 한다. 사람 사는 기척은 전혀 없는 중앙아시아의 들판이었다. 기차가 떠난 뒤에 기가 찼다. 어떤 방도도 없었다. 황무지 한가운데 내버려진 것이었다. 어디서 어떻게 살아가야 할지 방도가 생각나지 않았다.

내게 그간의 사정을 이야기해준 교포는 그때 누이를 잃었다.

며칠 굶다시피 한 데다 추위로 해서 감기를 심하게 앓던 누이였다. 극도로 쇠약해 있었다. 기차에서 내렸지만 하다못해 천막이나 간이 막사조차 없었다. 누이는 노지에서 며칠을 보낸 끝에 숨을 거두고 말았다. 그 시신은 이내 눈에 덮이고 말더라면서 교포 오라비는 울음을 삼켰다.

2차 세계대전 전후해서 독일의 나치 정권에 의해 강제로 끌려간 유대인들조차, 이때의 우리 교포들보다는 월등히 좋은 대접을 받은 셈이다. 그들에게는 그나마 막사라도 있었으니까 말이다.

그런 극악한 상황에서 황무지 개척에 교포들은 몸을 바쳤다. 마침 우즈베키스탄 원주민들의 도움을 받을 수가 있었던 게 천행이었다. 밭만 일궜던 것은 아니다. 소금기가 밴 모래땅을 논으로 가꾸었다. 그 당시 소련 영토이던 중앙아시아에 역사상 처음으로 논농사를 가능케 한 것이다.

그런 각고의 노력 끝에, 교포들은 우즈베키스탄과 카자흐스탄 일대의 집단 농장 가운데 가장 잘사는 공동체를 형성할 수 있었던 것이다. 내가 들렀을 때, 교포 지도자는 그 점을 큰 자랑으로 내세웠다. 그것은 그야말로 무에서 유를, 그것도 월등한 유를 창조한 긍지였다.

이렇게 조사와 면담이 이루어지던 중 타슈켄트 시내에서 우연히 한 교포를 만날 수 있었다. 이미 예순이 넘은 그는 스스로를 인민 배우라고 하면서 그 증명서를 자랑했다. 셰익스피어의 비극에 출연하기도 했다면서 우쭐댔다.

한데 이제 남은 소원은 현지 교포의 삶의 비극을 무대에 올리는 것이라고 말했다. 그건 인류 역사에 남을 비극이 될 것이라고 힘주어 말했다.

내가 현지 교포의 아리랑을 찾는 중이라고 하자 그는 중얼대듯 노래했다.

피눈물로 말하리라

우리 교포의 비극을

아리랑 아리랑 아라리요

아리랑의 애달픈 두 사연

민속 답사를 한다고 국내를 샅샅이 뒤지고 다녔다. 그중에도 아리랑에는 유달리 정성을 기울였다. 그래서 참 많이도 돌아다녔다. 멀고 먼 길을 헤매고 누비고 했다.

「정선 아리랑」을 찾아서는 강원도로 갔다. 「인제 아리랑」을 탐해서는 설악산 자락을 누비고 다녔다. 「진도 아리랑」을 듣기 위해서는 남해 바다의 서쪽 끝으로 가야 했다. 「밀양 아리랑」을 위해서는 영남 알프스의 중허리를 돌아다녀야 했다. 아리랑의 4대 고장은 두루 살피고 다녔다. 국내만이 아니다. 교포들의 아리랑을 찾아서는 해외도 누비고 다녔다.

왜 그랬을까? 그건 아리랑이 여느 민요와는 달랐기 때문이다. 민요의 민요로, 우리 민족의 대표적인 정서로 응어리져 있는 게 다름 아닌 아리랑이다. 우리 겨레의 영혼의 웅얼댐이 곧 아리랑이다. 서민들의 삶이며 목숨이 거기 메아리치고 있다.

아리랑은 신바람으로 설레는가 하면 서러움으로 저려 있기도 한 노래다. 봄의 꽃바람인가 하면 낙엽 지는 가을바람으로 불어대기도 하는 노래다.

그래서 나의 아리랑 찾기는 명색은 학술 답사였지만, 실상은 인생 답사였다. 어렵고도 힘겹게 삶을 꾸려가는 사람들의 피땀이 내 온 가슴에 저려 들었다. 나는 그들의 신명으로 춤추는가 하면, 그들의 한탄으로 한숨지었다. 그러나 굳이 따지자면 서러움이며 애달픔이 더 짙은 게 아리랑이었다.

그래서 얻은 이야기를, 그래서 겪은 사연을 풀어놓자면 끝이 없을 것이다. 그렇기에 방방곡곡 아리랑을 캐고 다닐 때 나는 수없이 눈물의 고개를 넘어야 했다.

아리랑 아리랑 아라리요

아리랑 고개는 무슨 고갠고

구비야 구비가 눈물의 고개

이렇게 웅얼대면서 넘고 또 넘어야 했다. 아리랑의 가락이며 노랫말에 사연을 붙여서 비로소 그 목숨이며 삶의 내력을 다진 사람들, 그런 사람을 수도 없이 만났다.

그러던 중에 정선에서 나는 절묘한 아리랑을 만났다. 늦은 여름 아침나절에 중년의 두 아주머니가 밭을 매고 있었다. 밭머리에서 짧은 인사말을 건네고 나는 그들에게 말을 걸었다.

"아리랑 노래 한 가락 불러주시죠"

"노래는 무슨 노래."

겸연쩍어하는 아주머니에게 거듭 채근했다. 마지못했을까? 아주머니는 호미질로 장단을 맞추면서 소곤대듯이 불렀다.

정선 읍내 물레방아는 물살을 안고 도는데

어쩌다 내 한 평생 밭고랑만 안고 돌아

나는 어안이 벙벙했다. "정선 읍내 물레방아는 물살을 안고 도
는데, 우리 집 낭군님은 날 안고 돌 줄 몰라." 이게 누구나 아는
「정선 아리랑」의 원본 가사다. 한데 아주머니는 그 뒷마디를 자
신의 처지에 맞추어서 즉흥적으로 바꾸어 불렀던 것이다. 그건
놀라운 재치였다.

원본 가사의 뒷마디는 어느 아낙이 그의 채워지지 않는 사랑
에 대한 불만을 투덜댄 것인데, 아주머니는 그걸 자신의 삶의 고
달픔에 걸어서 바꾸어 불렀던 것이다.

내친 김에 물었다.

"얼마나 안고 돌았죠?"

"호미 석 자루 녹이도록."

"얼마 동안에요?"

"여름 한 철에."

나는 믿을 수가 없었다. 단 한 철에 호미 자루를 셋씩이나 바꿔 끼우다니? 얼마나 부지런히 밭일을 했으면 그럴까? 그나마 자루가 삭은 게 아니다. 녹았다고 했다. 그게 말이나 될 일인가?

한여름 뙤약볕 아래서 호미로 밭을 매자면, 온몸에 땀에 밸 것이다. 호미를 움켜쥔 손바닥이 화끈대면서 땀투성이가 되고 호미 자루도 땀으로 범벅이 될 게 뻔하다. 그래서 삭아서 못 쓰게 된 자루를 아주머니는 녹았다고 한 것이다. 당사자로서는 그건 허풍도 과장도 아니다. 실감이다.

하지만 이처럼 땀에 저린 아이랑 말고 눈물에 젖은 아리랑도 만났다.

아아리 아아리랑 쓰으으리
내내 아아들

경남 밀양의 외진 마을에서 한 노인은 방 안의 흙벽을 두들겨대면서 이렇게 노래했다. 아니 끙끙댔다. 더듬고 미루적거리고 했다.

　아리아리랑 쓰리쓰리랑

　아라리가 났네

　이래야 제대로 된 「밀양 아리랑」이다. 한데도 여든이 넘은 영
감님의 아리랑은 문드러지고 이지러지고 했다. 같은 소리를 되
풀이하며 질질 끌다 말고는 '내 아들'을 찾고 있었다. 그러고는
드드득득 하고는 흙벽을 주먹으로 두드렸다.

　그건 아들을 찾는 소리였다. 지난날 일본 군국주의가 한창이
던 때, 일본 땅으로 강제로 끌려간 채로 해방이 되고도 소식이 끊
긴 막내아들을 찾는 소망이었다.

　치매 기운에 저려서 말을 온전하게 못하는 노인에게 마지막
남은 말이 '아리랑'이었다. 인생 막장에서 차마 잊지 못하는 아들
을 향한 그리움의 정을 아리랑에 붙여서 그는 노래했다. 그에게
아리랑은 살아서 남기는 마지막 유언이었다. 인생에 바라는 최
후의 소망을 그는 아리랑에 붙여서 노래했다.

　이와 비슷한 감회에 젖은 아리랑을 시골 구석구석 농민이며

251

서민들에게서 듣기는 어려운 일이 아니다. 「밀양 아리랑」에서는 애달픔이, 「정선 아리랑」에는 고달픔이 옹어리져 있다. 그러나 어느 옹어리나 한스러움 바로 그것은 다를 바 없다. 그것은 전국의 농어촌 어느 곳, 어느 누구에게서나 듣게 될 아리랑의 주조(主調)다. 참모습이다.

차 마시기의 녹수청산

나는 차를 워낙 좋아한다. 나의 하루 생활에서 차가 갖는 비중은 매우 크다. 나더러 누가 "밥이 먼저요 차가 먼저요?"라고 물으면, 나는 지체 없이 차가 밥보다 우선한다고 대답할 것이다.

그러다 보니 차에 대한 생각을 많이 하게 되고, 차에 관한 지식도 남 못지않게 갖추고 있다고 자부하고 싶다.

"차의 색은 녹(綠), 맛은 감(甘)."

이와 같은 초의(草衣) 선사의 말씀은 그래서도 외우고 있다. '다선사(茶禪師)'라고 칭송 받고 있는 이 스님의 화두를 나는 찻잔에 차와 함께 우려서 마신다.

우리 전통차는 굳이 '녹차(綠茶)'라고 한다. 그래서 나는 눈으로 초록빛부터 먼저 들이켠다. 차 마시기는 녹색 마시기다. 데운 물을 조금 식혀서 찻잎을 우려내면 찻잔에는 연둣빛이 어린다. 그건 다소곳하고도 정갈한 초록이다. 한 방울, 살그머니 머금으면 입술과 혀끝에 풍기는 그 맛이라니! 사시사철 내내 입안에는 가을바람이 살랑댄다.

조금 뜨거운 열탕에 우려내면 찻잔에는 진한 초록이 고인다. 그건 점잖음이고 진중함이다. 살짝 한두 방울 들이켜는 것만으로도 절로 고개가 숙여지고 가부좌하고 앉게 된다. 숙연하게 참선(參禪)한다. 그뿐만 아니다. 녹차의 '녹'은 녹음(綠陰)의 녹이기에 마시는 사람에게 안식이며 영혼의 안정을 선물한다.

연둣빛이나 초록이나 다 같이 팔팔한 힘이며 싱그러운 목숨을 상징한다. 그기에 녹차의 잔에는 매양 짙푸른 기운이 설렌다. 후! 입김 뿜는 것만으로도 찻잔에는 눈부시게 빛나는 잔물결이 인다. 홀짝! 한 입 빨아들이면 목을 타고 목숨 줄이 너울거린다.

하지만 초록은 차만의 빛은 아니다. '녹의홍상(綠衣紅裳)', 이를테면 붉은 치마 위에 껴입은 초록빛 저고리, 그건 소녀의 청초한 아름다움과 발랄한 생기를 의미했다. 과년해서 이제 바야흐로 신부가 될 젊음을 의미했다. 그 처녀야말로 녹차 마시기 안성맞춤의 나이! 축복이 가득할 것이다.

녹의홍상으로 몸치장할 소녀는 '녹빈홍안(綠鬢紅顔)'이라고 했다. 불그레한 앳된 얼굴 위로 검다 못해 초록빛으로 윤이 나는 귀밑머리가 소녀의 아름다움을 대신한 것이다. 검정 머리칼이 짙어져 녹색을 띠고 한층 더 멋을 낸 셈이다.

한데 사찰과 여러 전각(殿閣) 건물에도 녹의홍상이 있었으니 바로 '단청(丹靑)'이다. 단은 '일편단심'의 단이자 '붉은' 단이고, 청은 '청운(靑雲)'의 청이다. 그건 푸른 하늘 드높이 소스라쳐 오를 마음의 빛으로 녹차의 녹색과 화답하게 된다.

건물에는 또 다른 녹색이 있었으니 그건 '녹문(綠門)'이다. 복이나 경사가 깃든 귀한 집을 녹문이라며 다들 우러러보았다. 이때 녹색은 고귀함이고 준수함이다.

하지만 녹색은 워낙 대자연의 몫이다. 자연 자체가 청록이다. 그건 '녹수청산(綠水靑山)'이란 말이 일러주고 있다. 녹색 개울이 푸른 산과 짝지어서 대자연을 이룩했다. 그래서 초록은 대자연의 기운, 우주의 기운 그 자체로서 우리를 에워싸고 있다. 아니 껴안고 있다. 모든 생명체는 녹수청산의 아기들이나 다를 것이 없다.

하지만 산을 두고서만 초록이 칭송될 것은 아니다. 들에서 초록은 어떠했는가? 이른 봄의 보리밭, 한여름의 논, 그들로 해서 온 들판은 초록 일색이 되곤 한다. 거기 바람이 불면 녹풍이 설레고, 그 위에 비가 내리면 녹우가 자욱했다. 이 들판의 녹색에 의지해서 한국인은 대대로 목숨을 부지하고 살림을 가꾸어왔다.

그렇게 전통적으로 한국인은 녹수청산에 녹문의 둥지 틀고 녹색을 마시고 먹고 하면서 역사를 꾸려왔다. 한국인은 '녹인(綠人)'이다.

그래서일까? 나는 조촐하게 차린 찻상 앞에 기도 드리듯이 곧추 앉는다. 정성을 바쳐서 녹차를 우려낸다. 잔을 들면 거기 녹수청산의 기가 서린다. 그래서 나도 절로 신선 같은 녹인이 된다.

생찻잎 뜯어 마시고는

　　　　　　　　　나는 오전 내내 차를 즐긴다. 워
낙 성질머리가 고약해서 평소에도 불면증에 시달리다 보니, 카
페인은 금물이라서 오후에는 되도록 녹차 마시기를 피하고 있
다. 작지도 않는 다관(茶罐)으로 세 번은 우려내어서 마시니, 모
르긴 해도 그 양이 모두 한 바가지는 더 될 것이다.

　차 달이기는 여간 까다로운 게 아니다. 우선 물을 펄펄 김이
나게 한참을 끓인다. 그런 다음 뜨거운 기운이 조금은 가시도록
해야 한다. 가령 온도계로 잰다 치면 섭씨 100도로 끓여서 80도
정도로 온도가 내려가게 해야 한다.

다기에 따른 열탕에서 모락모락 피어오르는 김을 지켜보면서 온도가 내려가는 것을 기다리는 그 얼마 안 되는 시간은 때로 여간 지루한 게 아니다. 꽤나 참을성이 있어야 한다.

주전자 모양의 다관에 찻잎을 넣고 더운물을 붓는다. 그리고 2~3분 기다려야 한다. 차가 우러나기를 기다리는 것이다. 짧은 시간인데도 그 기다림이 만만치 않다. 고개 숙이고 앉아서 눈을 감는다. 마치 명상하듯, 묵념하듯 한다. 그러면서 기다림이 보람이란 것을 스스로 다짐 두곤 한다. 찻잎이 더운물에 익듯이, 내 마음도 차의 향에 익기를 바란다.

기다림이 끝나고 차를 찻잔에 따른다. 드문드문 잘게 부순 찻잎 가루가 섞인 채, 차가 잔에 부어진다.

파르란 빛, 은은한 향!

마시기 전에 미리 빛에 홀리고 향에 취한다.

마침내 한 모금, 입에 머금는다. 혀를 가볍게 야금야금 돌린다. 온 입안에 향과 맛이 번진다. 여린 쌉쌀한 맛에 연한 단맛이 어울린다. 입에서 목으로, 목에서 온몸으로 번져간다. 안존하게 마음이 가라앉는다. 차분해진 마음에 향이 어린다. 좀 과장일지도 모르지만 수양하는 듯, 수도하는 듯하는 마음이 된다.

그 향 그 맛 어느 하나도 진하지가 않다. 여리고 또 여리다. 한데도 온몸에 사르르 번지는 그 기운이라니! 엷고도 선명하다. 그서로 다른 미각의 어울림은 녹차가 아니고는 이룩해내지 못할 것이다.

그런 나의 찻잔에서는 세 가지 국적의 찻잎이 제 구실을 다하고 있다. 그것은 한국과 일본과 중국이다. 같은 차라지만 이 세가지 차는 빛과 맛이 서로 다르다.

중국의 발효차는 빛은 엷은 갈색이고 맛은 쓴 편이다. 일본의 녹차는 녹색인데 맛은 다른 국적의 것에 비해서 엷은 단맛이 나는 편이다. 한국의 차는 엷은 황색이고 맛은 고소하다.

같은 엽차(葉茶)인데도 그 맛이 어떤 것은 쓰고, 어떤 것은 달며, 어떤 것은 고소한 것처럼 서로 다른 것은 무슨 까닭일까? 민족 심성의 차이, 그 문화의 차이 같은 것이 차 맛에도 영향을 끼치게 되는 것일지도 모른다.

한데 나는 일본의 녹차를 가장 즐기고 있다. 그 엷은 녹색이 보기에 시원하고, 그 여린 단맛이 내 입에 어울리기 때문이다. 그

래서 일본차는 매일 마시게 된다. 아무튼 이런 까닭 저런 곡절로
해서 나는 엽차를 즐기고 있는데 그 탓에 벌어진 묘한 일이 있다.

전라남도 순천에 있는 이름난 큰 절을 진작 찾아간 적이 있다.
마침 서울의 어느 잡지사에서 주선해서 사찰의 총무 스님과 대
담을 하게 된 것이다.

중년의 총무 스님은 우리 일행을 그의 작은 방으로 들어오게
했다. 선실(禪室) 또는 선방(禪房)이라고 해도 좋을 작고 깔끔한
방에서 나는 스님과 마주 앉았다.

스님은 모처럼 천 리 길을 찾아든 손님 대접으로 차를 끓이겠
다고 했다. 다관이며 찻잔 등의 다기는 갖추어져 있었다. 한데 물
을 끓이겠다고 스님이 작은 석유난로를 꺼내는 게 아닌가!

나는 그게 마땅치 않았다. 산사(山寺)의 선방에 어울리지 않았
다. 이 공간, 이 계제에 어긋나 보였다. 마땅히 질화로가 오롯하
게 자리 잡고 있어야 했다. 거기 숯불이 피워져 있어야 했다. 그
위에 무쇠 주전자가 다소곳하게 얹혀 있어야 했다. 당연히 그래
야 했다. 한데도 난데없이 석유난로라니 분위기를 깨도 유분수
지 그게 뭐람!

나는 대뜸 토하듯이 말했다.

"좋습니다. 그만두시지요 차는 대접 받은 것으로 하겠습니다."

　홀쩍 자리를 차고 일어섰다. 뒤뜰로 갔다. 그 규모가 큰 것으로도 이름이 나 있었던 이 절의 차밭으로 올라갔다. 여린 속잎을 움켜쥐고 비틀어서 뜯었다. 손바닥에 올려놓고 문질렀다. 그걸 입에 털어 넣고 우물로 가서 물을 삼켰다.

　그 난데없는 맹물의 엽차라니! 아마 그것은 나만의, 오직 나만의 엽차였을 것이다.

바다 바라보며 시 읊으면

지금 나는 신석정의 시 「작은 짐승」에 나오는 "난이와 나는 작은 짐승처럼 앉아서 바다를 바라다보는 것이 좋았다"와 다를 바 없이 살아가고 있다. 또는 김영랑 시 「언덕에 누워 바다를 보면」과도 다를 바 없이 일상생활을 꾸려가고 있다. 나로서는 그렇게 자처하고 있다.

집 바로 뒤, 손을 뻗으면 닿을 만한 곳에는 얕지도 높지도 않은 산이 솟아 있다. 집 앞으로는 다리를 뻗으면 물살에 적셔질 만한 곳에 바다가 펼쳐져 있다.

뒷산의 이름은 '좌이산(佐耳山)'이다. 도울 좌(佐)에 귀 이(耳)를 보태어서 '좌이'라고 한다. 귀를 돕다니? 그게 무슨 말인가? 모르긴 해도 사람들의 귀를 도와서 남의 말을 잘 알아듣게 한다는 의미가 될 것 같다. 그렇게 풀이하고 보니 좌이산, 듣기만 해도 귀가 활짝 열린다.

앞바다는 그 이름이 '자란만(紫蘭灣)'이다. 자줏빛 난초의 바다, 그게 바로 자란만이다.

고개 돌리면 산,

눈길 던지면 바다,

그 사이에 나의 둥지

숲을 부는 바람 소리가

파도에 설레는 바람 소리 맞아서

서로 도란대는 곳,

거기 나의 둥지

이런 곳에 나의 삶의 터전은 자리 잡고 있다. 바다는 내 나이가 몇이 되었든 아무런 상관없이 나의 요람이다.

남쪽 끝, 새벽 바다의 물마루에 동이 트면 나의 잠이 깬다.

그런 나의 바다를 두고서 나는 나도 몰래 중얼댄다.

　푸른 물살 출렁대는 섬들을 에워서

　망망(茫茫)토록 태연스럽다

　태초부터 변함없을

　영원이여!

　시간도 가름을 잊은

　무한이여!

태풍도 비바람도 잠깐 한순간, 바다는 바로 영원 그 자체로서 늠름하다.

그런 탓에 내 생활의 전부는 아니라도, 하다못해 그 일부나마 파도를 닮고 물살을 닮고 있기를 바라고 있다. 그렇기 때문에 나의 목숨이 김영랑이 그의 바닷가의 고장, 강진에서 누린 삶을 닮고 있다고 감히 생각하고 싶다.

바다여,

너의 일본말에는

어머니가 있다

어머니여,

당신의 프랑스말에는

바다가 있다

이건 이젠 이름도 잊어버린 어느 일본 시인의 작품이다. 그 곡절인즉 다음과 같다. 바다 해(海)에는 어미 모(母)가 들어 있는데, 그 海는 일본인들도 쓰고 있기에 시에서는 일본말이라고 한 것이다. 한편 프랑스말의 어머니인 mère에서 끝의 e를 빼고 나면 바다인 mer이 되는 것에 의지해서, 프랑스말 어머니에는 바다가 있다고 한 것이다.

참 묘하게도 많은 시적 발상에서 바다는 여성에 견주어지고 모성에 견주어져 왔다. 바다는 여성 상징이고 모성 상징인 셈이다. 고요한 날의 잔잔한 바다는 크나큰 품으로, 무한정 넓은 품으로 여겨지곤 한 것이다.

위대한 영원의 여성! 모든 생명의 영원한 어머니!

그게 바로 바다의 의미였다. 그런 바다는 나에게는 남달리 절실하게 다가오곤 했다. 중학교에 다닐 적부터 여름을 온통 바다에서 보내곤 하던 내게 바다에서 받는 느낌은 남달리 간절했다.

멀리멀리 헤엄을 칠 때, 이를테면 원영을 할 때 더욱 그러했다. 힘겹게 헤엄쳐 가다가 도중에서 지치면, 사지를 내뻗고 하늘을 향해 누워서 바다에 몸을 내맡겼다. 이불에 등을 대고 눕는 것이나 다를 것이 없었다. 그러면 내 몸은 두둥실 떴다. 그게 바다가 나를 품어주는 것이라 느끼곤 했다. 나는 문득 아기가 되고 바다는 어머니의 품이 된 듯이 실감하곤 했다.

바다여! 어머니여!

애기 안듯 하소서.

이 한 몸

맡기오니

그 넓은 품,

여미소서

나도 모르게 그렇게 기도하기도 했다.

그러던 나는, 이제 사뭇 나이 든 처지로 그런 바다를 지척에 두고 살고 있다. 마주 바라볼 적마다 품을 열곤 하는 그 바다!

그건 내 영혼의 안식이다.

농산물에 의지한 푸른 삶, 푸른 목숨

나는 제법 넓은 밭을 갖고 있다. 화초와 나무가 우거진 뜰과 나란히 남새밭을 가꾸고 있다. 그 옆에는 과일나무가 몇 그루 심어져 있다. 그러니 소지주, 이를테면 작은 지주쯤으로 자처해도 괜찮을 것이다.

글 쓰고 읽는 일에 지치면 몸도 마음도 풀 겸 해서 밭일을 한다. 밭 갈아서 씨를 뿌린다. 거름을 주기도 하고 날이 가물면 물도 준다. 밭 가의 과일나무도 손질한다. 곁가지를 치면서 열매 맺히기 좋게 다듬어준다.

남새밭에서 잡초도 뽑는다. 그럴 때마다 혼자 생각을 하곤 한다. 잡초 뽑기와 글의 교정을 보는 게 비슷하다는 생각이다. 잘못된, 못 쓸 것 가려내기로는 잡초 뽑기나 교정보기나 다를 것이 없기 때문이다.

내가 컴퓨터 앞에 앉아서 자판을 두드리는 것이나 남새밭 갈이를 한답시고 호미질하는 것이나 서로 닮았다고 여겨지기도 한다. 그러자니 글을 제법 많이 쓰듯이 농산물도 꽤나 많이 수확하곤 한다. 남새밭에서는 채소를 거둬들이고, 과일나무에서는 열매를 거둬들인다. 그러니 이것저것 해서 집 안에는 농산물이 넘친다.

농산물 치고 어느 하나 싫은 게 있을 턱이 없다. 백화점이나 시장 물건과는 달라서 손수 길러서 손수 거둔 농산물은 모두, 모두 보물이다. 그런데도 굳이 어느 하나만 고르라고 하면 나는 비파(枇杷)나무의 꽃과 열매와 잎을 내세우고 싶다.

비파나무는 그 키가 십 미터에 미치기도 하는, 장미과의 교목이다. 이곳 남녘땅에서는 겨울에 비파꽃이 핀다. 한겨울에 피는 유일한 꽃이다. 그야말로 오상고절(傲霜孤節)이다. 서릿발과 얼음의 기운이 설쳐대는 속에서 비파꽃이 홀로 절개며 기개를 지키면 동장군(冬將軍)이 그만 백기를 든다.

백옥같이 흰빛의 다섯 잎 꽃인데도 잘기만 해서 앙증맞고도 귀엽다. 게다가 향기롭다. 어릴 적 같으면 내 사촌 누이 목걸이를 만들었을 테다. 꽃송이 예닐곱을 녹차에 타서 우려내면, 찻잔에 문득 동양화 한 폭이 그려진다. 파란 찻물에 황금빛 비파 꽃송이가 뜬다. 그 색의 대조가 일품이다. 거기 더해서 그 은은한 향이라니! 온 입안, 온 가슴이 문득 정갈해진다.

　겨울 지나고 봄 거쳐서 초여름이 찾아들면 비파 열매가 맺힌다. 한여름, 가을 들기 전 모든 과일나무가 엄두도 못 낼 시기에 비파 열매는 익는다. 꽃은 오상고절이고 열매는 '삼복고절(三伏孤節)', 이를테면 삼복더위에 홀로 도도하고 당당하다.

　제법 굵다란 타원형의 열매가 수북이 열리면 비파나무는 문득 황금으로 치장한다. 그만큼 열매는 그 빛깔이 샛노랗다. 동그란 모양새와 어울려서 뭔가 크나큰 축복 같아 보인다.

　살짝 입에 물면, 그 향과 맛으로 온몸의 살갗이 설렌다. 조금 까칠한 껍질 너머로 전해지는 말랑한 보드라운 속살의 촉감이라니! 그 옛날 꼬맹이 시절, 사촌 누이 손길이 이랬을까.

　그런데다 맛이 워낙 뛰어나다. 새콤달콤하며 달콤새콤한! 뭐라 한마디로는 표현하기가 불가능하다. 새콤함이 단맛을 돋우고 단맛이 새콤함을 거들고 있어서, 한 입 베어 무는 것만으로도 여름 더위는 순식간에 물러가고 만다.

그뿐만 아니다. 잎은 살짝 덖어서 차를 끓이면 다이어트로 그만이다. 이렇게 꽃과 열매와 잎으로 먹을거리, 마실거리로는 삼박자를 갖춘 비파나무지만, 그중에서도 구태여 농산물로서 하나만 고르라고 하면 아무래도 열매다.

비파 열매는 남녘땅이 아니면 구경도 못할 귀물이다. 그래서 나는 비파 열매를 손수 따서 먹을 수 있는 고장에 산다는 것을 여간 뻐기는 게 아니다.

비파나무 아래서 내가 어깨를 으쓱대면 비파 열매도 덩달아서 우쭐대는 그 여름, 빨리 오기를 기다리고 있다.

한여름 장미에 부쳐서

삼복 한낮이 지겹다. 바람도 공기도 땀에 젖어든다. 모든 목숨 있는 것은 하나같이 숨을 죽이고 있다. 관목이고 교목이고 간에 그 무성한 나뭇잎들조차 헉헉 숨이 차다. 어쩌다가 슬그머니 부는 바람에 흔들린다는 게, 겨우 해야 넌더리를 내는 꼴이다.

그런 중에 오직 붉은 장미만이 기적처럼 생동하고 있다. 철 늦게 핀 여세를 몰아서 그 싱그럽기가 기세등등하다. 여린 바람을 탄 그 흔들림은 설레는 햇살과 더불어서 보는 사람의 눈을 부시게 한다. 아니 동공이 아릴 지경이다.

장미는 워낙 5월 달, 그 봄날의 꽃의 여왕이라고 했다. 그렇다면 철 늦은 한여름의 장미는 계절의 황후(皇后)거나 여제(女帝)일지도 모른다.

그래서일까? 7월 들어선 뜰은, 그리고 그 안의 푸나무들은 홍장미의 위세 앞에서 다만 웅숭크리기가 고작이다. 한데 이 철에 홍장미, 이를테면 붉은 장미라고 해도 그건 흑과 주홍의 간색이다. 그 붉음에는 엷은 검정빛이 감돌고 있어서 그 색감이 사뭇 육중하다. 그래서들 아예 흑장미라고 부르기도 하는 것이지만, 그 빛은 장엄하다고 해도 괜찮은 게 아닌지 모르겠다.

넝쿨 끝에 매달린 꽃송이들은 서로 겨루듯이 그 모양새며 빛깔을 돋우고 있다. 그들은 그들대로 축제를 벌이고 있을 것도 같다는 생각이 절로 인다. 그래서 무더위가 그들 화사한 몸짓에 밀려 저만큼 물러선다.

하지만 장미는 뜰 가운데나 푸나무 서리에서만 기승하고 있는 것은 아니다.

장미는 바람에 휘날리면서
한 송이 남기지 않고 바다로 날아갔다

조수에 밀려서는 이제 다시 돌아올 길이 없다

파도는 꽃으로 붉어서는 마치 불타는 것 같다
이 저녁에 아직은 나의 옷은 장미의 향으로 어려 있다
빨아다오 내 몸에서 그 꽃의 향기로움을

_ 데보르드 발모르, 「사디의 장미」

이렇듯이 데보르드 발모르는 『굴리스탄(Gulistān)』이란 작품
으로 이름을 전하고 있는 페르시아의 시인 사디에게 바치는 시
에서 장미를 노래하고 있다.

그 장미는 바다에 져서도 그 붉음을 환하게 피워내고 있다. 그
토록 장미의 붉은빛은 강렬하다. 바람에 휘날리고 파도에 내맡
겨졌는데도 그 빛은 오히려 더욱더 승승하다고 이 시인은 노래
하고 있다.

혁명 직후의 스산한 프랑스에서 배우로 또 가수로 고되게 삶
을 살면서도 시 쓰기를 마다하지 않은 시인, 그래서 우리가 잘 알
고 있는 보들레르나 베를렌 등이 즐겨 읽었다는 이 시인의 시에

서 장미는 한 바다의 파도에 떠돌기에 더한층 현란한 것이다.

그래서 이 박행한 시인의 장미는 모순의 꽃이다. 시달려서 더욱 빛을 발하는 모순 그 자체다. 바람에 찢겨서 산산이 흩어져 파도에 휩쓸리면 그걸로 그만일 텐데도 장미는 불사조를 닮은 '불사화(不死花)'가 되어 있다. 모순의 전형(典型)이다.

그런데 또 다른 시각으로 장미는 그 모순이 노래되고 있다. 그것은 독일의 시인 횔덜린의 시다.

장미의 밤이여
많고 많은, 밝은 장미의 밤이여

한데 원문의 시가 더 실감 날 것 같아서 구태여 여기 옮길까 한다.

Rosen Nacht,
Nacht aus vielen, vielen, hellen Rosen

밤이 짙어서 장미는 더한층 밝고, 어둠이 짙어서 장미는 더더욱 찬란하다고 휠덜린은 노래하고 있다. 아니 장미로 해서 밤이 밝아진다고 읊고 있다. 그래서 장미는 밤의 정기가 된다. 밤이 영 글어서 피어난 꽃, 그게 바로 장미다. 어둠이 정기를 모아서 피어 낸 꽃, 그게 다름 아닌 장미다.

그렇게 읊조리면서 잠드는 나의 한여름 밤, 밤새 나의 꿈에는 장미가 피어난다.

열린 집에서

집은 제2의 모태(母胎),

우리들의 또 다른 안태(安胎)

안기고 품기고 하면서

목숨살이 하는 깃이자 둥지

　우리 집에는 아래채가 따로 있다. 애초에는 본채의 담 아래의 뜰에 딴채가 있어서 안채와 바깥채로 갈라져 있었다.

　하지만 워낙 묵고 낡은 탓에 안채는 헐리고 바깥채만 남았는데, 그게 지금 우리 집 아래채 노릇을 하고 있다. 식구끼리는 그 냥 황토방이라 부른다. 이 아래채를 본채 바로 옆의 '우리 별장' 이라고 뻐기고 '우리네 별저(別邸)'라고 목에 힘주지 말라는 법은 없다.

겉모습은 경남 지방의 민초들의 민가 그대로다. 그래서 벽돌 집 2층인 본채와는 다른 격조를 지니고 있다. 집 모양새가 흙바 닥에 수더분하게 퍼질러 앉아 있는 느낌을 풍긴다.

질박하고 조촐한 만큼 안존하고 다소곳하다. 한쪽을 세워서 괸 무릎 위에 깍지 낀 두 손을 얹은 채로 점잖게 앉은 시골 할머 니처럼 포근하다.

무릇, 집이란 이토록 포근해야 한다. 안방 아랫목에 깔린 이불 같아야 한다. 거기 앉거나 누우면 눈에 안 보이는 화톳불이며 잉 걸불의 온기가 은근하게 끼쳐져야 한다. 그게 집이다.

아래채를 옆에서 보면 삼간 '맞배집'이란 걸 단숨에, 아닌 '한 눈'에 알아보게 되어 있다. 지금으로서는 초가삼간이 아닌 게 안 쓰럽다. 본시는 초가지붕이었는데 볏짚 이엉을 해마다 갈아 엎 기가 워낙 힘겨워서 그만 기와로 갈아 엎고 말았다. 베옷 입고 헬 멧 쓴 꼴이라 보기 민망할 때가 있지만 못 본 척한다.

성형 수술을 한다는 게 장애인 아닌 '장애집'을 만들고 만 꼴이다. 언제든 솜씨를 발휘해서 '복원 수술'을 할 거라고 속으로 다짐은 두고 또 두고 하지만, 글쎄 큰소리가 어울리지 않을 돌팔이 의사 꼴로는 기약하기 난감하다.

'기와삼간', 아무래도 집은커녕 말 같지도 않다. 그렇게 소리 내다 보면 영락없이 혀가 비트적댄다. '초가삼간!' 그래야 고향집 맛이 제대로 난다. 그것을 옛 노래는 뭐라고 읊었던가?

달아 달아 밝은 달아

이태백이 놀던 달아

저기 저기 저 달 속에

계수나무 박혔으니

옥도끼로 꺾어내고

금도끼로 다듬어서

초가삼간 집을 짓고

양친 부모 모셔다가

천년만년 살고지고

천년만년 살고지고

달의 안뜰에 암토끼와 수토끼, 두 가시버시가 손재주 맞추고 장단 맞추어서 금도끼와 옥도끼로 계수나무 자르고, 깎고, 밀고, 다듬고 해서 지어낸 집! 그게 양친 부모 모셔다가 천년만년 살게 될 초가삼간이다. 그것이라야 둥지라고 해도 좋을 집이다.

그러나 어떻게 하겠는가? 당장은 '기와삼간'이나마 흙집인 걸 천복과 천행으로 여기고 살 수밖에…….

삼간 맞배집은 흙과 돌을 섞어서 쌓아 올린 축담 위에 세 칸을 지르고 윗방과 아랫방, 또는 큰방과 건넌방 사이에 '정주간', 이를테면 부엌 칸을 넣은 집이다.

큰방의 앞은 명색이나마 대청마루다. 벌렁 드러누워서 크게 기지개를 켜면 발끝은 하늘을 내지른다. 손끝은 애꿎게 장지문에 구멍을 낸다.

"아, 편해!"

우지직! 생나무 마룻바닥이 꼼지락대면서 간질간질, 시원시원 등줄기를 매만진다. 늦가을 햇살 쬐면서 낮잠 자면 꿈이 벼이삭처럼 황금빛으로 익는다.

대청마루가 없는 집이라니, 그게 무슨 집이라고! 하긴 아파트에는 아마도 테라스라는 게 있지? 그것으로 대청마루는 아예 포기하고 겨우 툇마루 흉내를 내고 있으니, 그게 여간 측은한 게 아니다.

마루 없는 집에 사는 것은 깃이랑 자락을 모조리 잘라내고 달랑 허리와 가슴만 가리기가 고작인 옷을 걸치고 나다니는 꼴이 아닌지 모르겠다.

한데 우리 집엔 또 다른 마루가 있다. 건넌방에 붙은 툇마루다. 엉덩이를 대고 앉기도 모자랄 만큼 좁아서 마루로는 겨우 체면치레를 하고 있을 정도다. 그러나 거긴 곧잘 그림자가 끼곤 하기에 여름 뙤약볕을 약 올리기 좋은 곳! 잠시 잠깐의 피서지로는 남극대륙 저리 가라다.

간신간신 겨우 옆으로 몸을 뉘면, 처마 끝까지 억척스레 달려든 햇살이 도깨비처럼 불기운을 돋우고 악을 쓰지만 마루는 용케 비껴간다. 툇마루 없는 집, 그건 뒤꿈치가 잘려 나간 발 같은 게 아닌지 모르겠다.

대청과 툇마루가 붙은 채로 우리 집 아래채는 삼간이다. 삼간은 한국인의 집채 구조의 기본이다. 상중하, 좌중우, 대중소, 사람들은 그렇게 하고많은 것에 세 칸을 지르고 살아왔다.

그뿐만 아니다. 하늘과 땅 그리고 지하, 그렇게 지구에도 세 칸이 질러져 있다. 지구도 '삼간집'이다. 작게는 짚신도 세코짚신이고, 떡에서도 셋붙이가 돋보인다. 아이들의 가위바위보도 단세 번이다. 끼니도 하루 세끼다. 아리랑을 즐겨 부른 한국인에게는 세마치장단이 아니면 노래도 아니고 소리도 아니다. 헛소리다.

셋은 숫자 중에서도 단연 세도를 크게 부린다. 그러하기에 우리 아래채의 세 칸의 세(勢)는 여간 큰 게 아니다. 빗소리에 즐겨 장단 맞추고, 웬만한 된바람이 설쳐도 여름 더위 식히는 부채질처럼 반긴다.

삼간을 고루 덮은 지붕은 학이 날개를 살그머니 펴다 말고는 주춤대는 시늉이다. 아니, 집 아랫도리를 둥지 삼아 병아리 새들을 품고 앉은 학의 날개 맵시 같다.

그 아래 세 칸 중에서도 부엌 칸은 별다르게 널따랗다. 그것만으로도 이미 삼간 전체가 한겨울에도 훈기에 서려 있기 마련이다. 아궁이에 얹힌 무쇠솥은 불기 없이도 물 끓는 기척을 풍기고 있다. 아궁이를 에워싸다시피 하고 있는 칸막이벽을 거멓게 물들이고 있는 연기 자국은 보는 것만으로도 곰살궂게 따뜻하다.

마른 솔가지며 오리나무 등걸 그리고 목둣개비 따위, 땔감이 차곡차곡 싸인 안쪽에는 타작하고 남은 빈 깍지와 빈 이삭, 그리고 마른 줄기 따위의 쏘시개가 수북하다. 보기만 해도 바로 아궁이 앞에 불 쬐고 앉은 듯한 기분이 든다.

집은 이처럼 안보다 먼저 외관부터 다스해야 한다. 침입자가 아니고는 누구든 반기는 시늉이 아롱져 있어야 한다. 하다못해 들고양이 보고도 "그래 어서 와!" 하는 소리를 건넬 정도가 되어야 한다.

날아드는 멧새며 곤줄박이 따위의 들새나 산새들에게는 그들 둥지 같은 느낌을 주어야 한다. 그게 집이다. 그런 것이 사람 사는 둥지고, 사람 목숨 의지하고 있는 집이다. 우리 아래채는 바로 그런 집이다.

우리 아래채의 구조에서 깎아지른 직선은 드물다. 네 귀퉁이의 외곽선 말고는 차렷 자세를 취한 병졸의 등줄기 같은 건 없다. 흙벽을 지탱하고 있는 기둥들조차도 조금은 구붓하게 허리 굽히고 서 있다. 이따금 찾아드는 손님들을 주인보다 먼저 반기는 그 겸허한 자세!

밑을 받치고 있는 주춧돌도 다소곳하기는 마찬가지다. 둥글다 말고 모나다 만 그 맵시는 까탈을 피우는 법이 없다. 집은 그렇게 언제든 누구든 손님맞이할 차비를 갖춘 터전이라야 한다. 소리 없이 "어서 오셔요"라고 말하고 있어야 한다.

우리 집 대청과 툇마루는 언제나 열린 공간이다. 군불만 때는 부엌에는 아예 문이 없다. 윗방, 아랫방, 두 방의 장지문은 이름만 문이지 가볍게 밀기만 해도 쉽게 열리게 되어 있다. 그러니 마음엔들 무슨 가림이며 거침이 있을까!

뒷산 쳐다보면 산바람이 되고 앞바다 바라보면 해풍이 되는 그런 마음으로 살 수 있는 집, 그게 우리 집이다. 우리 집 아래채다.

드디어 고향으로

타향살이 몇 해던가?

손꼽아 헤어보니

고향 떠난 십여 년에

청춘만 늙어

    패나 오래된 대중가요는 이같이 타향살이의 서러움에 겹친 향수를 노래하고 있다. 고향을 떠난 지 십여 년만 해도 그런데 이십여 년, 삼십여 년이면 무엇이라고 노래해야 하는 걸까? 아니 사십 년 가까우면 어떻게 되는 걸까?

그 지경이면 청춘만 늙는 게 아니다. 인생이 온통 저물고 또 기울고 말 게 아니던가!

서울살이, 근 사십 년!

그것은 6·25 전쟁이 갓 끝나고부터 1991년까지의 세월이다. 대학 학부 마치고 대학원 끝내고부터 정년을 6년 앞둔 채 서울에서의 교수 자리를 마감하기까지의 세월이다. 강산이 변해도 네 번을 변했을 것이다.

대학에 사표를 냈을 때, 학교 당국은 무슨 변고가 있느냐고 의아해했다. 동료 교수들은 다들 해괴하다고 했다. 이유가 고향에 가기 위해서라니 믿으려고 하지 않았다. 아직 예순도 안 된 나이에 고향에 가기 위해서라는 오직 그 한 가지 이유로 삼십 년 가까이 몸담아 온 현직을 내던지다니 말도 아니라고 했다. 나로서도 당돌하다는 느낌이 들었을 정도니, 남들은 오죽했을까?

내게 서강대학은 기가 차게 좋은 대학이었다. 속된 세상에서는 뭐라고 하건, 내게는 명문 중 명문이었다. 나의 학문의 둘도 없는 보금자리였다. 모교에서 오라는 것도 머뭇댐 없이 고개 저었다.

학교 당국은 언제나 교수들에게 자상했다. 교수에게 무얼 해주는 것이 최선인가 늘 배려하고 있었다. 그 당시로는 보수도 전국 최고였다. 학생들은 부지런하고도 열정적이었다. 캠퍼스 안은 언제나 학습의 열기로 뜨거웠다. 그러다 보니 교수들과 학생들 사이는 언제나 끈끈하고도 다사로웠다. 대학으로서는 더 바랄 데도 바랄 것도 없었다.

그런데 정년을 자그마치 여섯 해 앞두고는 그만두겠다니? 병을 앓고 있었던 것도 아니었다. 사표를 합리화할 어떤 객관적인 구실도 찾을 수 없었다. 오직 하나의 구실은 고향으로 가겠다는 것, 그것뿐이었다. 다른 어떤 동기도 이유도 없었다. 귀향! 그게 전부였다.

카를 융 일파의 분석심리학에서는 인간에게는 누구나 '모태 복귀의 본능'이, 이를테면 각자가 태어난 어머니의 태 속으로 되돌아가고자 하는 본능이 본인도 모르는 그 마음속 깊은 곳에 응어리져 있다고 말한다.

그 보기를 들자면 끝이 없을 것 같다. 그중에서도 스필버그 감독의 걸작인 <인디아나 존스>는 대표적이다. 주인공들이 좁은 굴길로 해서 지하 광장에 들어갔다가 모험을 하면서 다시 또 좁은 굴길을 통해 세상 밖으로 나오는 그 과정은 모태 복귀 본능의 표본과도 같은 것이다.

또 있다. 우리의 단군 신화가 그렇다. 곰이 굴속에서 일정한 시간을 보낸 다음 비로소 여자로 거듭나는 대목이 바로 그것이다. 그래서 곰은 단군의 어머니인 웅녀가 되는 것이다.

여기서 굴이며 굴길은 모태를 상징하고 있다. 해서 우리들이 고향을 그리워하는 마음에 사무칠 때, 누구나 인디아나 존스가 되고 또 웅녀가 된다.

그와 같은 모태 복귀의 본능이 내게도 일어난 것일까? 삼십 년에서 단 한 해 모자라게, 온몸과 마음을 맡겨오던 기차게 좋은 직장을 하루아침에 문득 그만두겠다고 한 것은 그 때문이었을까? 서울살이에 싫증이 난 것도 천만 아니다.

그렇다. 내게서 모태 복귀의 본능은 남달리 융숭했을지도 모른다. 고향을 생각할 적마다 나는 문득 젖먹이가 된 것인지도 모른다.

경남 고성군 고성읍의 덕선리, 그 안태 고향을 나는 어머니 품에 안긴 채로 떠났다. 부산서 소년으로 자라는 동안, 그저 두어 번 정도 다녀 온 것뿐이다. 향수라고 해도 따로 지목해서 이야깃거리로 삼을 것이 별로 없었다. 내가 태어난 집이 그냥 남아 있긴 했지만 그것을 둥지니 보금자리니 할 만한 기억은 내게 없었다. 하지만 그것 때문에 고향 그리움은 더한층 애틋했는지도 모른다. 오래오래 살 만큼 산 끝에 떠난 고향이라면 향수는 덜할지도 모른다.

그런 데다 산수가, 자연이, 나의 귀향을 채근했다. 고성만과 자란만의 바다가 그랬다. 그 바다를 에워싼 무이산이며 향로봉이 또한 그랬다. 산봉우리들에 둘러싸인 바다가 왠지 나를 감싸주고 품어주는 것 같았다. 아늑한 동굴 같게도 느껴졌다. 그것은 돌아온 철새를 위한 둥지였다.

그렇게 귀향했을 때 서울의 어느 신문은 그걸 보도하면서 사회면 기사에다가 "잘나가던 삶 접고 고향으로 돌아가다"라고 제목을 달았었다.

하지만 나로서는 기왕의 잘나가던 삶에 이어서 더 잘나가는 미래의 삶을 택한 것뿐이다. 나의 귀향은 금의환향(錦衣還鄉)이었던 것이다. 내가 비단옷을 입고 귀향한 게 아니다. 고향이 곧 비단옷이었다.

종장에 부쳐서

자그마치 300쪽에 달하는 글로 나의 삶의 행적을 되짚어 보았다. 물론 모르고 빠뜨린 것이나 알고도 빼먹은 대목도 있다. 그러나 기억에 떠오르는 대로, 생각에 잡히는 대로 '요것만은!'이라고 여겨진 것은 그런대로 대충 골라진 것 같다. 그러나 한 사람의 일생에 걸친 삶의 궤적을 되돌아본다는 것이 결코 만만한 일은 아님을 뼈저리게 느끼곤 했다.

엎치락뒤치락! 갈팡질팡! 헤매고 더듬고 했다. 더러는 전혀 모르는 낯선 길을 가는 것 같기도 했다. 내 인생길에서 내가 나그네처럼 느껴지기도 했다.

　유치원 다니던 여섯 살짜리 유년 시절부터 회고는 시작되었다. 초등학교 시절도 화제가 잡히고는 했다. 그러다가 중고교 거쳐서 대학에 다니던 때에서도 이야깃거리는 찾아내어졌다. 성인이 되고 사회인이 된 뒤로도 그랬다. 자그마치 반세기가 넘고도 이십 년이 넘는 세월, 그 까마득하고도 아스라한 세월이 다루어졌다.

　그 사이, 시대의 변화는 대단한 것이었다. 일본 제국주의 시대에 겹친 군국주의 시대를 어릴 적에 겪어야 했다. 그 무렵 중일전쟁이 일어났다. 중학교 들어서부터는 2차 세계대전의 소용돌이에 휘말렸다. 학교는 군대의 병영 같았다. 육군 중위의 교관과 두 사람의 하사관의 지휘와 감독을 받으면서 꼭 현역의 소년병처럼 하루하루를 보내야 했다. 소년 항공병으로 지원하고 나선 친구도 있었다.

　중학교 1학년에서 5학년까지, 상급생과 하급생 사이에는 엄청난 계급의 차이가 있었다. 그건 군대 계급만큼 무시무시했다. 우리 1학년들은 학교 안 어디에서나 노상 거수경례를 하고 다녀야 했다. 우글대는 상급생에게 얻어맞지 않기 위해선 그럴 수밖에 없었다.

그러다가 2학년 때 8·15 광복을 맞았다. 절반가량 되던 일본인 학우들이 떠난 그 빈자리를 일본서 돌아온 소위 '귀환 동포' 학우들이 얼마쯤은 채웠다.

하지만 '조국 광복', '조선 독립'의 보람과 기쁨도 잠시, 이내 좌우익의 갈등, 이를테면 자유진영과 공산진영 사이의 갈등에 온 나라가 휩말려들었다. 그 지겨운 파장은 당시 5년제이던 중학교 안에도 밀치고 들었다. '학생연맹'이라는 우익과 '학생동맹'이라는 좌익이 아귀다툼을 벌였다.

학생동맹에서는 곧잘 스트라이크라고 하던 동맹휴학을 감행하곤 했다. 나는 그들의 주의를 지지해서가 아니라, 학교를 빼먹고 노는 게 좋아서 스트라이크 하는 데 찬성하곤 했다.

그러나 이념적으로 나는 그 어느 쪽에도 껴들지 않았다. 그따위엔 관심도 두지 않았다. 귀동냥으로 듣는 마르크스나 레닌 따위보다는 내가 읽는 헤르만 헤세며 앙드레 지드가 월등히 좋았다. 내 아버지가 좌익이었던 것을 생각하면 나의 중립은 결코 선부른 게 아니었던 것 같다.

아무튼 좌우익의 정치적 파란이 미처 가라앉기도 전에 6·25

전쟁이 터졌다. 대학에 입학하자마자였다. 부산서 피란 대학이 개학하기 전, 서너 달가량을 부산 부두에서 미군 수송부대의 통역을 맡아 했다. 수송선에서 내린 병기들이며 군수물자를 기차에 실어서 일선의 전쟁터로 보내는 것을 거들면서 나는 6·25를 겪었다. 그것은 나의 간접적인 참전과도 같은 것이었다.

전쟁이 끝나 휴전협정이 성립되었다. 군데군데 폐허로 변한 서울로 돌아가서 복학했다. 그 뒤로 대학 생활은 순조로웠다. 대학원까지 마치고 중학교 교사를 거쳐서 대학의 교수가 되도록 탄탄대로를 걸어나간 셈이다.

물론 그러는 사이에 정치적으로 우리 사회는 심하게 환란을 겪었다. 의거(義擧)가 일어나고 쿠데타가 돌발하고 군사독재가 나부대기도 했다. 그 시대적인 파란만장은 내게 별 영향을 끼치지 못했다. 나는 그런 것은 아랑곳도 하지 않는 맨송맨송한 맹꽁이었다.

오직 대학과 서재, 그게 나의 세계였다. 읽고 쓰고 하는 일과 가르치는 일에 골몰했다고 감히 자부하고 싶다. 그 짓 하는 것 말고 딴 재주는 내게 아예 없었다. 나머지 모든 일에는 그저 맹탕이었다.

이 한 권의 글, '휴먼 드라마'는 그 마무리 중 하나다. 감히 자서전이라고는 못할 것이다. 다만 내 어쭙잖은 삶의 토막 가운데서 그나마 쉽게는 잊히지 않을 것들일 뿐이다. 어릴 적 길 가다가 동전 줍듯이 내 삶의 길목에서 이것저것 주워 모은 것에 지나지 않는다. 부끄럽고 쑥스럽기도 하지만 이미 엎지른 물 격이어서 이냥 세상에 내어놓는다.